Mattia Insolia

Die Hungrigen

DIE HUNGRIGEN

Mattia Insolia

Roman

Aus dem Italienischen
von Martin Hallmannsecker

Karl **Rauch**

All jenen, die hungrig sind,
da ihnen die Welt nichts ließ.
Kommt alle heraus, ich bitte euch, und
zerstört die falschen Götzen,
plündert die großen Städte,
atmet die neue Luft.
Stillt endlich euer Verlangen.
All jenen, die hungrig sind,
da ihnen die Welt nichts ließ,
sage ich jetzt: sättigt euch.

Er hörte das Quietschen von Autoreifen, dann fielen drei Schüsse.

Die Heckscheibe des Autos zersplitterte. Er warf sich zu Boden und gelangte auf allen vieren zur kleinen Mauer vor ihrem Haus. Wieder quietschende Reifen, ein Auto, das sich röhrend entfernte. Dann war es still. Er rührte sich nicht. Seine Beine an die Brust gezogen, seine Augen zusammengepresst. Die Stille drückte auf seine Ohren, als bestünde sie aus fester Materie.

Ein Schrei zerriss die Luft, instinktiv richtete er sich auf. Er sprang über die kleine Mauer und lief zum Punto. Überall Glasscherben, zu seinen Füßen eine dunkelrote Pfütze, die im Licht der Straßenlaterne glänzte. Etwas Feucht-Warmes breitete sich in seiner Unterhose, über seine Oberschenkel und Waden aus: Er hatte sich in die Hose gemacht. Er schloss die Augen, öffnete sie wieder und fing an, gleichzeitig zu beten und zu fluchen. Auf der anderen Straßenseite hatte sich eine kleine Menschenansammlung gebildet. Offen stehende Münder, zum Kopf erhobene Hände, die Blicke auf etwas gerichtet, das er noch nicht erkennen konnte.

Er ging ein paar Schritte vorwärts.

Dann sah er ihn.

Sein Bruder lag in einer Blutlache. Die Arme von sich gestreckt, die Beine in einer seltsamen Position, die Augen starrten zum Himmel, ohne ihn zu sehen.

Er übergab sich in einem heißen Schwall auf die Straße. Er richtete seinen Blick wieder auf den Leichnam und begann zu weinen. Er stieß einen Schrei aus, ging zum Körper seines Bruders und warf sich über ihn, als wollte er ihn beschützen. Aber es war zu spät.

Er wäre auch gern tot gewesen.

Er wurde von Schluchzern durchgeschüttelt, brachte nur noch unverständliche Laute hervor und begann stark zu zittern.

Er nahm ihn in den Arm, er war wirklich schwer, er brüllte seinen Namen. Er versuchte in den Augen des baumelnden Kopfes einen Lebensfunken auszumachen, aber es gelang ihm nicht. Er küsste ihn auf die Stirn, legte sich neben ihn und schmiegte den Kopf an seine Brust. Er drückte ihn an sich und weinte immer heftiger.

Wie sie da so nebeneinander lagen, um sie herum nur Glas und Blut, schien es, als würden sie die Sterne betrachten.

Der Abstieg
voller Verzweiflung
und ohne Errungenschaften
sorgt für ein neues Erwachen:
was eine Umkehr der Verzweiflung ist.
Denn dem, was wir nicht erringen können, was
der Liebe versagt ist,
was wir im Vorgefühl verloren haben –
folgt ein Abstieg, endlos und unverwüstlich.

William Carlos Williams, *Paterson*

Ich hingegen bin entglitten und entgleite auch jetzt noch, in diesen Zeilen, die mir eine Geschichte geben wollen, während sie in Wirklichkeit rein gar nichts sind, nichts von mir, nichts, das tatsächlich begonnen worden wäre oder tatsächlich zu Ende gebracht worden wäre: ein bloßes Wirrwarr, von dem niemand, nicht einmal diejenige Person, die jetzt gerade schreibt, weiß, ob es den richtigen Faden einer Erzählung enthält oder nur ein verworrener Schmerz ohne Ausweg ist.

Elena Ferrante, *Das lügenhafte Leben der Erwachsenen*

Wir sind schuldig und stehen am Rand, denn alle anderen Plätze waren schon besetzt.

Bertolt Brecht (zugeschrieben)

ZWEI MONATE ZUVOR

Paolo Acquicella war süchtig nach Zerstörung.

Wenn er aufwachte, verschwitzt, kurzatmig, war seine namenlose Wut schon da. Sie saß auf seiner Brust und beanspruchte seine ganze Aufmerksamkeit. An diesem Morgen hatte sie eigentlich keinen Grund zu existieren, aber sie war da und Paolo konnte sie nicht ignorieren. Er spürte, wie ihm die Streitlust auf den Brustkorb drückte. Unkontrolliert wie jedes spontane Gefühl, unersättlich wie jeder Urinstinkt. Sie steckte in ihm drin, seit er denken konnte. Verbissen und unversöhnlich kämpfte sie darum, aus seinem Körper hervorzutreten und ihre nackte Brutalität zu offenbaren. Oft entschied er sich dazu, nicht gegen seine Wut anzukämpfen. Er gab ihr nach, folgte ihr gewissermaßen.

Mit einem Schlag brachte er den Wecker zum Schweigen, dann setzte er sich auf.

Sein Mund war ausgetrocknet, er konnte noch die Pizza Marinara vom Abend zuvor schmecken. Er stand auf, ging zum Gartenstuhl am Fenster und stellte sich darauf. Er stützte sich am Fensterrahmen ab und pinkelte hinunter in den Garten. Morgens machte er das gern von hier aus, so konnte er die neugeborene Sonne sehen.

Er zog sich eine Unterhose an, schleppte sich in die Küche und fluchte grundlos vor sich hin. Dieser Tag hatte gerade erst begonnen und schon hatte es sich die Welt mit Paolo verscherzt.

Antonio Acquicella musterte finster die Zimmerdecke.

Zerzaust lag er im Bett, das Laken um seine Beine gewickelt, und rührte sich erst, als er in der Küche Geschirr klappern hörte. Er ging ins Bad, wusch sich das Gesicht, und dann in die Küche, auch er nur in der Unterhose. Paolo aß eine blasse Scheibe Brot und trank ein schwarzes schlammiges Gebräu, den Blick in etwas verloren, das nur er sehen konnte.

Die beiden Brüder sagten sich Guten Morgen.

Antonio nahm die letzte Packung Kekse aus dem Küchenschrank. Er hockte sich Paolo gegenüber hin und schenkte sich eine Tasse Kaffee ein, ganz vorsichtig, damit die kaputte Espressokanne nicht tropfte. »Ich habe geträumt, dass wir reich sind. Wir hatten sogar Butler und du hast beschlossen, die Köchin zu heiraten. Wir waren glücklich.«

Paolo lachte. »Ich würde nie eine von den Bediensteten heiraten.«

»Ich gehe heute einkaufen, wir haben nichts mehr da.«

»Kauf Kaffeeeis. Kein Schokoladeneis, das isst ja doch keiner. Kaffeeeis.«

Antonio nickte. »Ich nehm' einen Fünfziger aus dem Glas.«

Das *Glas*, ein altes, kalkverkrustetes Goldfischglas, war das geheime Versteck für ihre Ersparnisse. Es stand in der Küche, unter dem Waschbecken. Paolo fand das genial, niemand würde auf die Idee kommen, dort danach zu suchen. Antonio war es egal, wo sie es versteckten, es waren ja nie mehr als hundert Euro drin.

»Was machst du sonst noch außer einkaufen?«

»Ich geh' zu Italo. Für ein Stündchen.«

Paolo nickte nur.

Die Antwort hatte ihm nicht gefallen, Antonio wusste das. Paolo wollte, dass er sich einen Job suchte, aber er hatte keine Lust dazu und er hätte auch gar nicht gewusst, wo er damit anfangen sollte. Außerdem, sagte er sich immer wieder, war Paolo doch für solche Sachen zuständig. Es war nicht seine Aufgabe, sich ums Geld zu kümmern.

Paolo war der Ältere, er war zweiundzwanzig, Antonio war neunzehn.

Zwischen ihnen hatte sich eine Rangordnung etabliert, die funktionierte. Und wenn sie irgendetwas daran änderten, würden die Zahnräder dieses austarierten Systems blockieren. Ihr Leben wurde zusammengehalten von einem unausgesprochenen, freiwilligen und immerwährenden Versprechen der Unterwürfigkeit.

Schweigend frühstückten sie zu Ende, zündeten sich eine Zigarette an und gingen in ihre Zimmer zurück. Antonio fläzte sich auf seinem Bett, rauchte lustlos und starrte auf die schimmeligen Wände. Paolo zog sich eilig an und machte sich fertig für die Arbeit.

»Nimm den Boxer!«, rief Antonio in das andere Zimmer hinüber. »Ich brauch' das Auto zum Einkaufen.«

Paolo fluchte lauthals, hatte aber nichts dagegen einzuwenden.

Als er hörte, wie sich die Eingangstür schloss, ging Antonio zurück in die Küche.

Sie war ziemlich klein. Gerade so war Platz für den Kühlschrank, Tisch und Stühle, die kaputte Waschmaschine, die sie als Mülleimer verwendeten, die Waschschüssel, die immer voller dreckigem Geschirr war, zwei klapprige Liegestühle mit Gott weiß was für Flecken und den Fernseher auf einem Wandbrett, an dem ein Besenstiel lehnte.

Letzten Monat hatten sie eine Maus erwischt, die ihre Essensreste durchstöberte. Paolo hatte die Fernbedienung auf sie geschleudert, und nachdem das Ding in tausend Stücke zersprungen war, hatte er eine Pfanne genommen und die Maus damit verfolgt. Seitdem schalteten sie mit dem Besenstiel um.

Antonio hätte das dreckige Geschirr der letzten Tage abspülen müssen, das war eindeutig seine Aufgabe, aber er hatte keine Lust dazu. Er ging wieder durch den Flur, der ins Bad und zu den Schlafzimmern führte. In dem Zimmer, das früher den Eltern gehört hatte, schlief jetzt Paolo, ihr altes Kinderzimmer hatte Antonio für sich. Dorthin ging er zurück.

Er zog die Jalousien hoch, die Hitze drang sofort in jeden Winkel.

Im Sommer war Camporotondo ein Glutofen.

Der Ort zählte zehntausend Seelen, ein Auswurf baufälliger Wohnhäuser im süditalienischen Nirgendwo, über den erbarmungslos die Sommerhitze hereinbrach. Es gab nichts in Camporotondo. Und seine Einwohner arrangierten sich mit diesem Nichts mit gespielter Gleichgültigkeit.

Er faltete ein paar zerknitterte T-Shirts zusammen und legte sie in den Wandschrank. Außer diesem gab es in seinem Zimmer sonst nur noch einen kleinen wackeligen Nachttisch und das Doppelbett. Er duschte kurz, danach starrte er in den Spiegel und tropfte auf die fleckigen Fliesen.

Ausgemergeltes Gesicht, hohe Wangenknochen, lockige Haare. Er versuchte, vertraute Züge in seinem Gesicht zu finden, erkannte sein Spiegelbild jedoch nicht wieder.

Er nahm die Autoschlüssel und die Hausschlüssel. Handy, Geldbeutel und Geld aus dem Glas unter dem Waschbecken. Er ging die Treppen hinunter und stieg in den Punto. Er dachte daran, wie Paolo angepisst auf dem Boxer saß, und auf seinem Gesicht breitete sich ein boshaftes Lächeln aus.

Paolo war wirklich ziemlich angepisst.

Mit dem Moped kam er nur langsam voran. Nervtötend, dieser Schrotthaufen, erbärmlich. Aus seinem Auspuff hustete er schwarzen beißenden Rauch, der einem die Lungen verstopfte. Da er spät dran war, parkte er auf dem Angestelltenparkplatz. Wieder einmal.

Dieses Mal wird mich Serra zur Sau machen.

Paolo arbeitete seit über einem Jahr auf der Baustelle. Lange genug, um zu verstehen, wie die Dinge hier liefen, und lange genug, um zu wissen, dass es hier nur wenige Arbeiter gab, die auch ein bisschen Grips in der Birne hatten. Der Großteil arbeitete nach dem Motto ›Ich mach' es irgendwie, das Wichtige ist ja, dass ich es überhaupt mache.‹ Und er hasste sie dafür.

Seit einiger Zeit träumte er davon, sie alle in den halb fertigen Wohnhäusern einzusperren. Betonskelette, die sich nur schwerfällig aufrichteten, wie totgeborene Riesen. Er träumte davon, sich auf die Motorhaube des Punto zu legen, mit Wodka und Zigaretten in der Hand, auf einen Knopf zu drücken und alles in die Luft zu jagen. Alles zu zerstören. Zuzusehen, wie diese Packesel, die hier arbeiteten, starben, und ihren Gestank, ihre Schreie einzusaugen. In seinen Träumen quiekten sie wie Schweine im Schlachthaus, im Sterben riefen sie seinen Namen, als wäre er ein Gott.

Er warf einen prüfenden Blick in den Seitenspiegel des Boxer und strich sich die Augenbrauen glatt. Er fand sich fett und schlaff und ekelte sich vor sich selbst.

Die Sonne brannte herab.

An den Seiten des Vorplatzes standen die Container mit den Toiletten und Umkleiden, dahinter der mit den Büros der Verwaltung. Filomena Carlucci, die Sekretärin der Firma, saß an ihrem Schreibtisch, starr wie ein Betonblock. Zwei Ventilatoren leisteten ihr Gesellschaft, drinnen der übliche Gestank von gekochtem Kohl, Schweiß und altem Zigarettenrauch.

»Du bist zu spät«, empfing sie ihn, »Serra ist noch nerviger als sonst. Er schimpft mit den Polen, seit er da ist.«

Er fand die Carlucci ziemlich tough. Aber wenn es eines gab, weshalb ihn diese schroffe und resolute Frau um seinen Verstand brachte, dann war es ihre geteilte Verachtung für den Baustellenleiter.

»Und wieso mit den Polen?«, fragte er, während er den Anwesenheitszettel ausfüllte.

»Was weiß ich«, antwortete sie mit einem Achselzucken.

Schnell verließ Paolo den Container, aber kaum war er um die Ecke gebogen, tauchte vor ihm das Gesicht von Serra auf, als würde ihm eine göttliche Macht einen bösen Streich spielen. Groß, dürr und blass, immer mit Speichelfäden in den Mundwinkeln. Man sah auf den ersten Blick, dass er ein blöder Arsch war. Es ging das Gerücht, seine Eltern seien Cousin und Cousine, was in einem kleinen Ort wie Camporotondo nicht unwahrscheinlich war. Aber mit Serra verscherzte man es sich besser nicht. Wenn es irgendetwas *zu regeln* gab, wandte man sich an ihn, und mit der Zeit hatte es sich herumgesprochen, dass er gefährlich sei und dass man sich mit ihm lieber nicht anlegte.

Der Baustellenleiter musterte ihn lange, dann sagte er: »Wann warst du das letzte Mal pünktlich?«

Diese Standpauke schien Paolo überflüssig zu sein, aber er erwiderte nichts.

»Du bist hier nicht mit deinen Freunden in der Bar. Wir haben hier feste Arbeitszeiten und die hast du zu respektieren, denn wenn du die nicht respektierst, heißt das, dass du mich nicht respektierst, und wenn du mich nicht respektierst, schmeiß' ich dich raus.«

Jetzt schlag ich ihm die Fresse ein, dachte Paolo, und kniff sich in den Oberschenkel.

»Wenn ihr euch nicht ranmacht«, dabei deutete Serra auf etwas Unbestimmtes hinter seinem Rücken, »wenn ihr nicht ordentlich arbeitet, bin ich gezwungen, euch rauszuschmeißen.«

Paolo kniff sich fester.

»Wenn du deine Arbeit nicht gut machst, muss ich am Ende einen Ersatz für dich finden. Ich hasse Ersatzleute, aber wenn es nötig ist, Amen. Und das war's dann. Verstehst du?«

Ersetzt zu werden bedeutete von einer der Ratten ersetzt zu werden, und Ratten waren diejenigen, die auf Lastwagen oder Booten herkamen, zusammengepfercht wie die Schafe und dreckig wie die Schweine, um den echten Italienern Frauen und Arbeit wegzunehmen.

»Ich brauch' diesen Job, ich bin drauf angewiesen, und ich …«

»Wenn du darauf angewiesen bist, ist es doch ganz einfach, was du zu tun hast«, unterbrach er ihn. »Mach deine Arbeit gut und komm pünktlich. Mehr nicht. Verstehst du?«

Es juckte ihn in seinen Händen, er war kurz vorm Explodieren.

Er zwang sich zu nicken.

»Dann tu's einfach, verdammt!« Serra ging an ihm vorbei und entfernte sich.

Paolo blieb unbeweglich stehen. Seine Muskeln waren angespannt, sein Atem ging schnell. Er hätte ihn am liebsten umgebracht. Ihm den Schädel zertrümmert. Seine Fresse eingeschlagen. Aber er musste sich beherrschen, er war auf den Job angewiesen.

Er fühlte sich, als stünde er auf einer Mine. Als würde er sein ganzes Leben auf derselben Stelle verbringen, gefangen in einer unbequemen Haltung. Und wenn er sich auch nur ein bisschen bewegte, würde alles in die Luft fliegen.

Der Conad in der Via Rea war der größte Supermarkt in Camporotondo und hatte eine Käsetheke, bei deren Anblick Antonio in Verzückung geriet.

Asiago, Fontina, Taleggio, Mozzarella, Provola, Stracchino, Robiola.

Er hätte sich nur davon ernähren können, aber sein Bruder mochte Käse nicht. Klar, Paolo aß alles. Er war keiner dieser wählerischen reichen Pinkel, wie sie sie nannten. Leute, die beim Schinken das Fett wegschneiden oder beim Apfel die Schale oder bei der Pizza den Rand. Wenn er sich aber entscheiden müsste zwischen Käse und einem Stück Fleisch oder einem Teller Pasta oder einem Sixpack Bier, würde er, ohne nachzudenken, auf den Käse verzichten. Und da es ja Paolo war, der das Geld heimbrachte, kam ihnen kein Käse ins Haus. Der einzige Tag, an dem sich Antonio den Bauch mit Käse vollschlagen konnte, war sein Geburtstag. Sein Bruder nahm ihn dann mit zur Käserei Bozzo, zwanzig Kilometer außerhalb von Camporotondo, und dort stopfte er sich voll, bis er platzte.

Er nahm einen der roten Einkaufskörbe, die neben der Kasse standen. Er bahnte sich einen Weg zwischen vollen Regalen und Kunden mit leeren Gesichtern. Er betrachtete die ordentlich aufgereihten Käsesorten. Am liebsten hätte er zwei, drei, vier, fünf, sechs, sieben Stück mit nach Hause genommen und mit ungesäuertem Brot gegessen, das schmeckte ihm am besten. Er legte seine Hand auf seinen halb leeren Magen. Er drehte sich um und schleppte sich weiter.

Er kaufte das, was auf dem Einkaufszettel stand, und lud die Tüten in den Kofferraum des Punto. Sein verschwitztes T-Shirt klebte ihm am Rücken. Er fühlte sich schmutzig.

Zu Hause räumte er die Einkäufe ein, dann hockte er sich auf das Fensterbrett in seinem Zimmer. Er zündete sich eine Zigarette an und beschloss, noch einmal zu duschen, bevor er zu Italo fuhr.

Italo war ein Jahr älter als er. Er war gerade mit der Schule fertig geworden. Antonio wusste nicht, was es alles beinhaltete, *beste Freunde* zu sein, aber er dachte dennoch, dass der Begriff ganz gut auf sie passte. Bei ihm fühlte er sich zu Hause. Und nicht wie bei sich zu Hause, wo es stank und im Winter zu kalt und im Sommer zu heiß war. Bei ihm fühlte er sich auf eine gute Art zu Hause. Er gab ihm das Gefühl von Geborgenheit, wie im Dezember unter einer Daunendecke mit einer Wärmflasche.

Er duschte. Er wusch sein verschwitztes T-Shirt mit der Hand im Waschbecken in der Küche und zog ein anderes an. Er stieg wieder ins Auto und fuhr los.

Die Acquicellas wohnten am Ortsrand.

Camporotondo war ein undefiniertes Stück Land, das die Leute um jeden Preis zu verlassen versuchten, und wer blieb, schämte sich dafür. Dafür, sein Leben hier fortzusetzen. Zu heiraten, Kinder in die Welt zu setzen. Es fehlte an allem. Luft, Licht, Raum für die Hoffnung, dass etwa Unerwartetes geschieht; ein Hühnerstall, ein Fegefeuer auf Erden.

Als Kind fand Antonio, dass es ein schöner Ort sei. Er und Paolo spielten im Garten hinter dem Haus. Es gab eine Wippe und eine Rutsche, sie zerquetschten aber lieber Schnecken, Ameisen und Schmetterlinge. Oft nahmen sie auch den Bus und trieben sich zwischen der Piazza Cavour und der Bar am Marktplatz herum, wo sie ihr weniges Kleingeld für gezuckerte Brioches ausgaben.

Es war schön gewesen, aber davon war nichts mehr übrig.

Das Stück Garten hinter dem Haus war mittlerweile eine Müllhalde. Ihre Schlafzimmer gingen auf die kleine Grünfläche hinaus, und wenn sie etwas zu entsorgen hatten, warfen sie es einfach aus dem Fenster. Der Rasen war gelb und hart wie Beton. Brombeersträucher und Unkraut hatten von der Rutsche und der Wippe Besitz ergriffen und ihre Kindheit verschlungen. Paolo pinkelte sogar dorthin; er stellte sich auf einen Stuhl, ließ die Hosen runter und urinierte aus dem Fenster.

Antonio fuhr jetzt durch den Ort, das Radio voll aufgedreht. Zum Zentrum hin machten die kleinen heruntergekommenen Häuser, mit ihren abgebröckelten Mauern und den eingefallenen Veranden, breiteren Wohnhäusern Platz, auf deren Balkonen Geranien vor sich hinwelkten und deren geöffnete Fenster den Blick auf winzige Zimmer freigaben. Italo wohnte an der Piazza Cavour in einem vierstöckigen Wohnhaus, das seiner Familie gehörte. Sein Vater war Chefarzt im San Carlo, dem örtlichen Krankenhaus, an Geld hatte es ihnen noch nie gefehlt.

Er parkte und klingelte.

»Deine Eltern sind nicht da?«, fragte Antonio, als er drinnen war.

»Papa ist bei der Arbeit, Mama macht irgendwelche Besorgungen«, gab Italo zurück.

Die unermüdlich arbeitenden Klimaanlagen kühlten das große Haus, das voller Möbel, Bilder und

Teppiche war, eingerichtet wie ein Museum. Italos Zimmer hingegen war übersät von Comics, Cartoon-Postern, allen möglichen Pokalen, Fotos, Wimpeln und Urkunden: es war wie ein Denkmal seiner selbst.

»Gestern hatte ich ein Date mit Floriana Sapienza«, sagte Italo, zog sich die Schuhe aus und setzte sich aufs Bett.

»So so, die Schwester von Simone«, Antonio setzte sich neben ihn.

Er nickte. »Wenn du auf dem Bett sein willst, zieh dir die Schuhe aus, du saust es mir sonst nur ein.«

»Sie ist süß. Gefällt mir. Hat einen schönen Arsch.«

»Ja, aber an Titten fehlt's ihr. Außerdem ... hey, ziehst du jetzt deine Schuhe aus? Ich hab' dir doch gesagt, dass du mir nur das Bett einsaust.«

»Aber wieso denn?«

»Was heißt hier *Wieso*? Sie sind dreckig, verdammt!«

Antonio brummelte vor sich hin, dann gehorchte er.

»Aber es ist nicht nur wegen der Titten«, fuhr Italo fort. »Sie ist irgendwie seltsam. Sie scheint mir nicht ganz richtig zu sein im Kopf.«

Antonio zuckte mit den Schultern. »Wer in Camporotondo ist schon ganz richtig im Kopf?«

»Sie wirkt ein bisschen verschlossen, weißt du? Sie lebt in ihrer eigenen Welt.«

»Was habt ihr denn gemacht?«, erkundigte sich Antonio.

»Wir haben im *All'Antico Fornaio* gegessen, dann haben wir uns im *Miami* was zu trinken geholt und sind zum alten Bauernhof gefahren.« Der alte Bauernhof, alles andere als ein alter Bauernhof, war das

Landhaus von Italos Familie. »Wir haben es getrieben, haben einen Film angeschaut, es noch mal getrieben und dann hab' ich sie heimgebracht.«

»Ihr habt gevögelt?«

»Zweimal«, sagte Italo und lächelte.

»Beim ersten Date?«

Er nickte.

Antonio verspürte ein seltsames Unbehagen. Er war nicht eifersüchtig, aber auch nicht bloß genervt. »Die ist ja leicht rumzukriegen«, scherzte er unsicher.

»Das ist doch ganz normal. Du kennst dich halt mit diesen Sachen nicht aus, aber so läuft es nun mal. Ich schwör's dir!« Italo wirkte beleidigt.

Antonio erwiderte nichts.

Es stimmte ja, er hatte wirklich noch nicht viel Erfahrung. Er hatte keine Ahnung, ob man beim ersten Date Sex hatte. Bisher hatte er es nur mit ein paar Prostituierten und mit Erika getan, mit der er vor zwei Jahren ein paar Monate lang zusammen gewesen war. Also ja, es stimmte schon, aber dass Italo es so konkret benannt hatte, war ihm unangenehm.

Es klopfte an der Tür, sie öffnete sich einen Spalt und Italos Mutter lugte herein. Sie kam ins Zimmer. »Weißt du, ich habe vorhin an dich gedacht«, sagte sie lachend und blickte ihn dabei auf jene Art und Weise an, auf die ihn alle Erwachsenen anblickten, die über seine Situation Bescheid wussten: mitleidig. »Ich habe da eine Freundin. Ich habe sie auf dem Bio-Markt kennengelernt. Der auf der Piazza Spirito Santo, weißt du? Und sie hat mir gesagt, dass sie ein bisschen Unterstützung bräuchten. Den Rasen mähen, die Wäsche machen … und da habe ich an dich gedacht, vielleicht willst du diesen Sommer ja ein bisschen was auf die Seite legen. Ich geb' dir ihre Nummer, dann kannst du sie anrufen, wenn du Interesse hast.«

Antonio dachte an Paolo. In seinem Kopf hörte er dessen Stimme, die ihm sagte, dass er einen Job finden müsse, früher oder später. »Ja, sicher. Danke.«

Sie setzte wieder ihr übertriebenes Lächeln auf und verschwand im Flur.

Die Jungen blieben schweigend zurück, dann fragte ihn Italo, seine Augen an seinem Handy klebend: »Hast du was vor? Willst du hier Mittag essen und danach schauen wir einen Film?«

Paolo bekam die Nachricht, als er gerade die Baustelle verließ. Es war Antonio. Er schrieb, dass er eben von Italo zurückgekommen sei, dass sie den ganzen Tag bei ihm gewesen seien, einen Film angeschaut und ein paar Joints geraucht hätten. Er fragte auch, ob sie zum Abendessen Pizza bestellen könnten.

Fauler Sack, dachte er und antwortete ihm mit Ja.

Sieben Uhr abends. Er fuhr durch Camporotondo, unter ihm ächzte der Boxer.

Er überlegte, ob er noch beim Pakistani vorbeischauen sollte, um eine Flasche Grappa zu kaufen. Der hatte einen wahnsinnig guten mit Haselnuss. Aber er sah ein, dass das eine schlechte Idee wäre. Er fuhr über die Kreuzung von Via Gramsci und Via Pascoli, ohne am Stoppschild anzuhalten, ein Typ in einem Panda brüllte ihn an. Er lachte ihm ins Gesicht und drückte auf die Hupe. Er liebte es, Leute wütend zu machen.

Ihr Frust sorgte für ein Kitzeln in seinem Bauch und manchmal bekam er davon sogar einen Ständer.

In solchen Momenten erkannte er in sich selbst seinen Vater wieder.

Stefano Acquicella war so gewesen. Jähzornig, brutal, streitlustig. Seine permanente Wut stand ihm auf die Stirn geschrieben, immer eine Flasche in der Hand, als wäre sie eine Verlängerung seines Arms. Er betrank sich jeden Abend, ihm war alles recht, was zu Hause passierte, solange er seine Gedanken auslöschen konnte. Paolo wusste nicht, welche Gedanken im Kopf seines Vaters hätten ausgelöscht werden müssen. Stefano hatte nur Stroh im Kopf, und jemand mit so wenig Grips schien ihm nicht der Typ zu sein, der irgendwelche Gedanken hatte, die er auslöschen müsste.

Sein Vater zerschmetterte die Stereoanlage mit einem Fausthieb, aber niemand hatte das Recht, den Mund aufzumachen. Sein Vater fuhr das Auto gegen einen Laternenmast, aber niemand hatte das Recht, den Mund aufzumachen. Sein Vater zerfetzte das Trommelfell seiner Mutter und brach Paolo zwei Rippen, aber niemand hatte das Recht, den Mund aufzumachen.

All das tat er immer und einzig deshalb, um seine Gedanken auszulöschen. Das redete sich Giovanna zumindest ein, und Paolo hatte sie dafür gehasst. Sie wollte ihren Ehemann beschützen, aber schon als Kind war ihm klar gewesen, dass nicht sein Vater der Schutzbedürftige war.

Halb so wild, sagte er sich immer wieder: Am Ende ist alles ins Gleichgewicht gekommen. Seit über einem

Jahr waren die beiden Brüder nun allein. Sie hatten Regeln aufgestellt, jeder hatte Aufgaben zugewiesen bekommen, und trotz der ganzen Hindernisse hatten sie keinerlei Probleme.

Er bog in die Via Magellano ab und gab Gas.

Er dachte an die Pizza und hoffte, dass die Penner von *La gustosa* sich nicht verspäteten. Und er dachte ans Fernsehen, er hoffte, dass sie einen guten Film zeigen würden und nicht so einen Mist, der abends sonst immer lief. Er fuhr geradeaus weiter und dachte an die Pizza und ans Fernsehen. Wie alle anderen auch.

Antonio schlief. Den Besenstiel als Fernbedienung in der einen Hand, einen Joint in der anderen. Im Fernsehen lief eine Bier-Werbung, die Ventilatoren, nutzlos und müde, verteilten nur die heiße Luft, aus dem Waschbecken kam ein furchtbarer Gestank.

»Anto, wach auf!«, sagte Paolo schroff.

Er öffnete die Augen. »Wie spät ist es?«

»Halb acht. Wann kommt die Pizza?«

»Um neun.« Er streckte sich und zündete sich eine Zigarette an.

»Deck den Tisch!«, befahl er ihm. »Ich muss noch duschen.«

In seinem Zimmer zog er sich aus. Er warf seine Kleidung auf einen Haufen Schmutzwäsche am Boden, kickte die Schuhe unters Bett und trat nackt ans Fenster. Aus dem Garten drang ein grauenhafter Gestank von dem ganzen Müll, der sich dort angesammelt hatte.

Wir müssen hier weg.

Er spürte ein Kribbeln in seiner Leistengegend. Er schloss die Tür und schaltete die Deckenlampe aus. Er nahm ein Taschentuch vom Nachttisch und legte sich hin, nackt und mit hartem Schwanz. Er nahm ihn in die Hand, in seinem Kopf begann seine Lieblingsfantasie abzulaufen.

Er dachte an die Frau von der Bar am Marktplatz. Um die vierzig, sie hatte sich gut gehalten: aufgespritzte Lippen, hervorquellende Titten. Er stellte sich vor, wie sie nachts allein auf der Straße unterwegs war. Er folgte ihr lautlos, dann packte er sie bei den Haaren und hielt ihr den Mund zu. Er zerrte sie in eine Gasse und schlug ihr ein paar Mal ins Gesicht. Er riss ihr die Kleider vom Leib, drückte sie gegen die Mauer und nahm sie von hinten. Sie flehte ihn an aufzuhören und stöhnte dabei vor Lust und Schmerz. Plötzlich erschien neben ihm ein Mann ohne Gesicht. Muskulös, gut gebaut. Er stellte sich vor sie und zwang sie, ihm einen zu blasen.

Es war krampfig und schnell vorbei.

Er warf das Taschentuch aus dem Fenster, ging ins Bad und duschte.

»Bist du endlich fertig, verdammt?«, empfing ihn Antonio in der Küche.

»Nerv nicht, zünd den Joint an.« Er setzte sich auf den Liegestuhl neben ihm.

Im Fernsehen lief CSI, *was für ein Dreck*.

Antonio nahm einen Zug, eine Rauchwolke verbreitete sich in der Küche. »Wie war's?«

»Serra ist mir dermaßen auf den Sack gegangen, weil ich zu spät gekommen bin.«

Antonio inhalierte tief, hielt die Luft an, blies den Rauch aus, dann reichte er den Joint seinem Bruder.

»Hast du von dem Neger gehört, den sie mit gebrochenen Beinen in der Via Verdi gefunden haben?«, fragte Paolo. »Er war das. Er hat sie ihm gebrochen wie Streichhölzer. Wie zwei scheiß Streichhölzer. Der Neger hat für ihn gearbeitet, es gab Streit und Serra hat ihn mit zwei von seinen Leuten vermöbelt.«

Antonio schaltete um und sie konzentrierten sich auf den Fernseher.

Nach einer Stunde waren sie breit. Ihre Köpfe waren leicht, ihre Gedanken langsam. Als der Pizzabote kam, hätten sie ihn beinahe nicht gehört. Antonio ging hinunter, zahlte und unterhielt sich ein bisschen mit Marco, dem Jungen, der für *La gustosa* arbeitete und auf die gleiche Schule ging wie er. Paolo schaute ihnen von oben vom Küchenfenster aus zu. Er hatte Hunger. Wieso beeilte sich sein Bruder nicht? Verdammt. Er war immer so langsam. Wirklich langsam. »Antonio!«, schrie er aus vollem Hals.

Der hob gereizt den Blick. »Ich komm' ja schon, einen Moment!«

»Schwing dich her, ich hab' Hunger!« Er setzte sich an den Tisch.

»Wieso hast du so rumgebrüllt? Du hast mich total blamiert.«

»Komm schon, hör auf. Pizzen hierher. Sind sicher hervorragend.«

Sie schlangen sie schweigend hinunter, natürlich mit Rand. Nach dem Abendessen, die Pizzakartons standen noch auf dem Tisch, schenkten sie sich zwei

Schnapsgläser Averna ein und zündeten sich eine Zigarette an. Paolo war entspannt. Sie schliefen vor dem Fernseher ein.

Giovanna Acquicella stieg aus dem Zug, sie trug ein leichtes Kleid, eine spitz zulaufende Sonnenbrille und einen großen lila Hut. In der einen Hand eine perlenbestickte Handtasche, in der anderen eine Sporttasche.

Sie blickte sich ein wenig um, dann steuerte sie auf den Ausgang zu, wobei sie alles, was ihr unter die Augen kam, genau musterte. Sie hatte beschlossen, jedes Detail zu erfassen, aber jeder Geruch, jedes Geräusch, jedes Muster bereitete ihr Schmerzen. Sie hatte gedacht, dass sie bereit wäre, musste aber feststellen, dass sie schwach und unvorbereitet war. Das Problem war nicht Camporotondo, das Problem waren die Dämonen, von denen diese menschliche Müllhalde heimgesucht wurde.

Du bist die Stärkste von allen hier ... du bist die Beste von allen hier ..., sagte sie sich immer wieder.

Sie zwang sich dazu, sich zu beruhigen. Sie verließ den Bahnhof und suchte das Taxi. Es gab hier im Ort nur eines; das war schon immer so gewesen, es parkte immer dort vorne, der Fahrer war immer noch derselbe. Immer, immer, immer. In Camporotondo veränderte sich nie etwas. Sie stieg ein und ließ sich zur Pension fahren. Eingestürzte Wohnhäuser, schlecht ausgebesserte Straßen, Menschen, die sich dahinschleppten, angetrieben von einer Macht, die sie verabscheuten, der sie sich aber nicht zu entziehen vermochten. Diese in Verwesung begriffenen Organe,

Körperteile eines bläulichen Kadavers, zogen langsam und still an den Fenstern des Taxis vorbei. Sie empfingen Giovanna mit einem sadistischen »Willkommen zurück!«.

Du hast deine Söhne hier zurückgelassen, dröhnte es in ihren Ohren.

Was sie hörte, war eine Stimme in ihrem Kopf. Seit sie Camporotondo verlassen hatte, hatte sich diese immer wieder einmal zu Wort gemeldet. Zum ersten Mal in dem gemieteten Zimmer in Rom, nach und nach war sie dann aber verstummt. Seit sie sich jedoch entschieden hatte zurückzukehren, war auch die Stimme wieder da. Und hatte alles infrage gestellt.

War sie egoistisch gewesen? Ja.

Hatte sie sich wie ein herzloses Miststück verhalten? Ja.

War sie eine Rabenmutter? Ja.

Ja, ja, ja. Ja und noch mal ja. Ja zu allem. Aber wenn sie die Zeit zurückdrehen könnte, würde sie sich dann anders verhalten? Auf diese Frage vermochte sie keine Antwort zu geben.

Camporotondo war ein Album mit alten Fotos, die langsam verblassten. Sie wollte nur, dass es ganz verschwand, damit sie endlich ein neues anfangen konnte, mit Geburtstagsfeiern und Sonntagsausflügen ans Meer. Ein paar Bestandteile dafür hatte sie schon. Eine Arbeit, bei der sie nicht körperlich schuften musste, eine schöne Wohnung, einen Partner, der sie liebte und verwöhnte. Sie hatte alles, was sie zum Glücklichsein brauchte, aber sie konnte sich nicht von der Vorstellung befreien, dass das alles eine Lüge war, errichtet auf einer Masse aus Körpern im Todeskampf. Opfer, die sie für ihr bescheuertes Glück zu machen bereit gewesen war. Deshalb war sie nach Camporotondo zurückgekehrt. Um diese Körper aus den Trümmern zu bergen.

Lügnerin. Du erträgst einfach das Winseln nicht mehr, das zu dir nach oben dringt.

Sie wusste nicht, wie ihre Söhne reagieren würden, hegte aber die Hoffnung, dass sie sie mit offenen Armen empfingen. Sie stellte sich vor, wie sie sie zu Hause antreffen würde. Paolo würde sie nur anstarren, er war der Misstrauischere. Antonio würde auf sie zulaufen und sie umarmen, er war der Bravere. Und sie würde weinen vor Freude. Diese beiden alten Fotos würde Giovanna ins neue Album kleben können. Diese beiden leidenden Körper würde sie aus den Trümmern bergen können. Mit diesem Gedanken im Kopf fühlte sie sich gut, fühlte sie sich bedeutsam. Eine Superheldin.

Sie lebte jetzt in einer großen Stadt und fuhr mit dem Auto herum. Sie hatte jetzt ein Bankkonto und einen Computer mit Internet. Sie hatte jetzt viele Dinge über die Welt, das Leben und sich selbst gelernt. Sie war jetzt mehr wert als all die anderen in dieser lächerlichen Ansammlung von Menschen. In einem gewissen Sinn verfügte sie wirklich über Superkräfte, und in einem gewissen Sinn war es wirklich ihre Aufgabe, ihre Söhne zu retten.

Vor fünf Jahren hatte sie keine Wahl gehabt. Sie wusste nicht, wohin sie gehen, zu wem sie flüchten, was sie tun sollte. Sie hatte weder Orte noch Freunde,

Ideen oder Gefühle, die nur ihr gehörten. Ihr gehörte gar nichts, nicht einmal sie selbst.

An bestimmten Orten durfte sie sich nicht sehen lassen.

Wer weiß, was sonst die Leute denken würden, und ich muss das dann wieder ausbaden.

Bestimmten Personen durfte sie kein Vertrauen schenken.

Wer weiß, was sonst die Leute denken würden, und ich muss das dann wieder ausbaden.

Bestimmte Sachen durfte sie nicht machen.

Wer weiß, was sonst die Leute denken würden, und ich muss das dann wieder ausbaden.

Dieser Satz war eine Drohung. Stefano sagte ihn in einem besorgten Tonfall, aber in seinem Blick nahm sie einen Funken wahr. Einen Blitz. Er flackerte in seinen Augen auf, Vorbote eines brutalen Schmerzes. Und jedes Mal konnte sie nur denken, dass sie, wenn er noch gewaltsamer über sie hereinbrach, sterben würde.

Sie lebte in einem Gefängnis. Sie saß eine Strafe ab, von der sie keine Vorstellung hatte, für ein Verbrechen, das sie nicht begangen hatte. Aber am Ende war Giovanna ausgebrochen. Sie hatte sich ihr Leben zurückerobert. Und jetzt gehörte es ihr. Ihr ganz allein.

Der Punto hielt mitten auf der Straße, hinter ihm begannen die Autos hysterisch zu hupen.

Als es ihm endlich gelungen war einzusteigen, stieß Antonio die Plastiktüten von seinem Sitz, die auch überall sonst im Auto verteilt waren. »Bücher?«, keifte er, nachdem er einen Blick hineingeworfen hatte.

Paolo fuhr weiter. »Das sind nicht meine.« Er schien sich beinahe zu rechtfertigen. »Die waren in den Müllcontainern vor der Baustelle. Ich bring' sie zur Buchhandlung in der Via Leopardi, da geben sie einem Geld für alte Bücher.«

Sie fuhren durch den Ort. Es war Samstagabend, Ende Juli.

Antonio hatte mit Italo in den *Giardinetti* Mittag gegessen, einem Einkaufszentrum im Nachbarort. Er fuhr oft dorthin, kaufte aber nie etwas: für ihn war das alles zu teuer. Bars, Pizzerien und Geschäfte, ein Supermarkt, eine Spielhalle und ein Kino. Italo brauchte irgendwelche Sportklamotten, so ganz eng anliegende, super teure Sachen. Deshalb waren sie zu den *Giardinetti* gefahren. Am Nachmittag hatten sie am Marktplatz haltgemacht, um einen Joint zu rauchen und Eis zu essen, sein Bruder hatte ihn dann von dort abgeholt.

An diesem Abend wollten sie etwas mit Paolos Freunden machen. Antonio hasste sie, aber er hatte keine andere Wahl.

»Was ist der Plan?«

»Jetzt fahren wir erst mal heim. Ich will mich ein bisschen ausruhen und duschen, bevor wir uns mit den anderen treffen. Wir essen bei Nicola und gehen danach ins *Miami*.« Paolo zündete sich eine Zigarette an.

Antonio starrte auf das Armaturenbrett. »Vielleicht hab' ich einen Job gefunden.«

Paolo zog an seiner Zigarette und sagte nichts.

»Italos Mutter kennt diese Frau, die eine Haushaltshilfe sucht, und vor ein paar Wochen hat sie mir deren Nummer gegeben. Ich hab' sie heut Morgen angerufen, und wir haben einen Termin für nächste Woche vereinbart.«

»Einen Termin für was?«

Antonio zuckte mit den Schultern.

»Wie viele Stunden müsstest du da arbeiten?«

»Weiß ich nicht.«

»Wie viel zahlen sie?«

»Weiß ich nicht.«

Paolo nickte. Er drückte die Zigarette am Dach über sich aus und warf sie aus dem Fenster. Er hätte Antonio gratulieren sollen, aber er konnte sich nicht dazu überwinden. Er brachte kein Wort heraus, als würde ihm irgendetwas Spitzes im Hals stecken und ihn am Sprechen hindern. Er hatte ihn dazu angehalten, sich Arbeit zu suchen. Sie hatten gestritten, weil Antonio den ganzen Tag faulenzte, während sich Paolo auf der Baustelle den Arsch aufriss. Und jetzt hatte Antonio einen Job gefunden. Weshalb war er dann so wütend auf seinen Bruder?

Den Rest der Fahrt verbrachten sie schweigend.

Zu Hause aßen sie in der dunklen, heißen Küche im Stehen ein paar Scheiben Mortadella aus dem Kühlschrank. Während sich Antonio dann auf einen der Liegestühle setzte und den Fernseher einschaltete, ging Paolo ins Bad. Er duschte lange und kalt, und als er gerade in seinen Bademantel geschlüpft war, klingelte es plötzlich.

Wer kann das sein?

Sie erwarteten niemanden. Sie erwarteten nie irgendjemanden.

Mehr schlecht als recht trocknete er sich ab, zog an, was gerade in Griffweite war, und ging schnell durch den Flur. In der Küche blieb er stehen. In der Eingangstür, die sie offen gelassen hatten, stand eine Frau. Sie trug einen Hut in einer viel zu knalligen Farbe und eine viel zu große Sonnenbrille.

Wer kann das sein?, fragte er sich erneut verblüfft, obwohl er genau wusste, wer sie war. Er hatte sie erkannt. Er hatte sie sofort erkannt. Ihm wurde schwindelig, er musste sich am Küchenschrank abstützen.

Die Stille zwischen den Personen im Raum übertönte die Geräusche des laufenden Fernsehers. Antonio stand bei der Spüle. Eine Hand immer noch auf der Türklinke, die Augen auf die Frau gerichtet, den Mund weit aufgesperrt. Sie nahm Sonnenbrille und Hut ab und lächelte unsicher. Ihre Arme neben ihrem Körper, ihr Blick zu Boden gerichtet, ihre Beine zusammengepresst, als wolle sie sicherstellen, dass ihr nichts entfleuchte. Paolo fand, dass sie sich verändert hatte. Sie trug ihre Haare jetzt glatt und kurz, früher waren sie lang und wellig gewesen. An den Ohren, am Hals, an den Handgelenken, an den Fingern trug sie auffälligen bunten Schmuck, früher hatte sie nur ihren Ehering getragen. Ihre Haut war olivfarben und schlaff, früher war sie blass und straff gewesen.

Sie ist geschminkt. Sie trägt sogar Lippenstift. Aber Mama schminkt sich doch nie.

Paolo wollte etwas sagen, brachte jedoch kein Wort hervor.

Mit zitternder Stimme brach Giovanna das Schweigen: »Kann ich reinkommen?« Sie wartete jedoch keine Antwort ab und trat in die Wohnung. Sie ließ ihren Blick über all die verschlissenen Möbelstücke und all die Schmutzflecken an der Wand schweifen. Sie legte ihre Sonnenbrille und ihren Hut auf den Tisch, und auf dieselbe Art, wie sie die Küche gemustert hatte, wandte sie sich nun ihren Söhnen zu, als wären sie kaputte Dekorationsgegenstände.

»Was zur Hölle machst du hier?« Paolo hatte seine Stimme wiedergefunden.

Das Gesicht der Mutter verkrampfte, zuckte verräterisch.

Er wiederholte seine Frage.

»Ihr seid jetzt Männer ...«, antwortete sie. »Ihr habt einen Bart ...«, und sie lächelte.

»Fünf Jahre sind eine lange Zeit.«

»...«

»Ich hab' dich gefragt, was du hier machst, verdammt noch mal.«

»Ich bin wegen euch gekommen.«

»Wir wollen dich nicht.«

Erst jetzt gelang es Antonio, sich aus seiner Starre zu lösen. Er drehte sich um und warf seinem Bruder einen Blick zu, der jedoch so tat, als würde er ihn nicht bemerken. Paolo wusste, was sein Bruder dachte. Was er sagen wollte. Aber er würde es ihm nicht erlauben. Diese Sache konnte nur auf eine Art beendet werden, und zwar auf Paolos Art.

»Können wir reden, bitte?«, versuchte es Giovanna erneut in einem versöhnlichen Tonfall.

»Wir haben uns nichts zu sagen.«

»Ich weiß, dass ihr sauer auf mich seid, aber ich will euch alles erklären.«

»Was zur Hölle willst du uns erklären?« Paolo spürte, wie seine Wut größer wurde; sie stieg ihm ins Hirn und vernebelte seinen Blick. »Willst du uns erklären, warum du einfach abgehauen bist wie ein herzloses Miststück? Oder warum du erst jetzt nach seinem Tod den Mut hast zurückzukommen?«

Sie wartete ein wenig mit ihrer Antwort. »Es tut mir leid wegen Papa, aber ich hatte keine ...«

»Er ist vor eineinhalb Jahren gestorben.«

»Es war nicht einfach für mich, Paolo.«

»Für uns auch nicht.«

»Das kann ich mir vorstellen, aber ich hatte keine ...«

»Es ist uns scheißegal, was du hattest und was du nicht hattest. Du musst jetzt gehen«, sagte er und näherte sich ihr bedrohlich; er nickte Antonio zu, der sich wie ferngesteuert rasch neben ihn stellte.

Wie zwei gegnerische Bataillone standen sie einander gegenüber und starrten sich an.

»Papa war kein guter Mensch«, sagte sie ruhig. »Ihr wart klein und konntet gewisse Dinge noch nicht verstehen, aber ich hatte keine andere Wahl. Ich musste gehen. Ich *musste* ... aber jetzt seid ihr groß, und wenn wir nur miteinander reden könnten, bin ich mir sicher, dass ...«

»Reden?«, donnerte Paolo. Antonio zog sich zurück. »Und worüber willst du reden, verdammt noch mal?« Er schlug mit der Faust auf den Tisch. »Darüber, wie du abgehauen bist und uns mit ihm alleingelassen hast? Oder darüber, wie du einfach zugesehen hast, als du noch da warst?«

»Paolo, warte ...«

»Ich habe gewartet!«, schrie er aufgebracht. »Fünf Jahre, verdammte Scheiße!«

Giovanna wich einen Schritt zurück. »Ich weiß, dass ...«

»Einen Scheißdreck weißt du!« Wieder ließ seine Faust den Tisch erzittern. »Weißt du, dass er zweimal ins Krankenhaus musste, nachdem du abgehauen bist?« Er deutete auf Antonio. »Weißt du, dass ich einmal drei Tage lang mit gebrochenem Rücken im Bett bleiben musste? Und weißt du, wie er gestorben ist?«

»...«

»Nein!«, brüllte er. »Das weißt du alles nicht, weil du nicht hier warst!«

Giovanna schlug die Augen nieder. Sie weinte, sie zitterte. Mit hochgezogenen Schultern, verschränkten Fingern, zusammengepressten Knien stand sie da.

Paolo hatte Stefanos Leiche an einem Sonntagmorgen gefunden.

Ihr Vater hatte sich in der Nacht zuvor betrunken. Beim Aufstehen war er ausgerutscht und hatte sich am Kabel des Fernsehers festgehalten. Es war eines dieser alten riesigen und schweren Geräte gewesen. Und der war ihm auf den Kopf gefallen. Er hatte ihm Wangenknochen, Nase und Zähne zertrümmert. Er war aus zwei Metern Höhe vom Wandbrett herabgestürzt. Stefano war auf dem Rücken liegend in Ohnmacht gefallen und an seiner eigenen Kotze erstickt.

Der Fernseher spöttisch neben dem zermatschten Kopf. Das Gesicht des Vaters ein Brei aus Kotze und Blut. Bilder, die ihn monatelang gequält hatten.

»Antonio, was sagst …«, versuchte es Giovanna.

»Wag es ja nicht, ihn da mit reinzuziehen«, knurrte Paolo. »Wir haben gelitten wie die Hunde, nur weil du so ein Feigling bist. Wenn du noch einmal in unsere Nähe kommst, bring' ich dich um! Wir wollen nichts mehr mit dir zu tun haben.«

Sie nickte. Dann ging sie langsam, ganz langsam, zur Tür. Sie drehte sich um, schaute Antonio lange an in der Hoffnung, er würde ihren Blick erwidern. Als sie einsah, dass auch ihr jüngerer Sohn ihr nicht verzeihen würde, ging sie.

Paolo nahm Giovannas Sonnenbrille und ihren Hut, die sie auf dem Tisch vergessen hatte, und warf sie aus dem Fenster. Er ging in sein Zimmer, schlug die Tür hinter sich zu und brüllte die Wand an.

Antonio blieb in der Küche, regungslos.

An der gleichen Stelle, in der gleichen Haltung wie zuvor während des Streits zwischen Paolo und Giovanna. Es hatte nur wenige Minuten gedauert. Er hatte gar keine Zeit gehabt zu begreifen, was überhaupt vor sich ging, als alles schon wieder vorbei war. Er fragte sich, ob er sich das Ganze womöglich nur eingebildet hatte, aber dann lehnte er sich aus dem Fenster und sah auf der Straße den Hut und die Sonnenbrille. Ein Bauchgefühl wollte ihn dazu verleiten, hinauszulaufen und sie zu holen. Sie von der Straße aufzusammeln, um sie der Welt zu entreißen, sie nach

Hause zu bringen, sie an einem sicheren Ort zu verstecken.

»Geh duschen.« Sein Bruder war in die Küche zurückgekommen.

Antonio hätte ihn am liebsten umarmt. Ihn an sich gedrückt, um wieder ins Gleichgewicht zu kommen. An einen Punkt zwischen Leere und Übermaß. Er blickte ihn lange an und betete, dass sein Bruder ihn verstehen und darauf eingehen würde. Dann ging er wortlos, mit hängendem Kopf und baumelnden Armen ins Bad.

Paolo hatte alles richtig gemacht. Er selbst hätte nicht den Mut dazu gehabt, aber es war richtig so. Giovanna hatte keine zweite Chance verdient.

Als sie damals einfach verschwunden war, hatte sich nichts geändert und doch war plötzlich alles anders gewesen. Paolo hatte keine einzige Träne vergossen. Seine Wut war größer gewesen als sein Leiden, und etwas tief in ihm war hart wie Stein geworden. Antonio hatte sich drei Tage lang in seinem Zimmer eingeschlossen. Er hatte weder gegessen noch gesprochen, er hatte nur geweint. Bis Stefano an einem scheinbar ruhigen Abend beschlossen hatte, dass er damit aufhören sollte, eine Tote zu beweinen, die nicht gestorben war.

Er setzte sich auf die Kloschüssel und begann zu schluchzen. Den Kopf an die Mauer gelehnt, die Arme schlaff herabhängend, den Blick auf die gegenüberliegende Wand gerichtet. Die Tränen liefen ihm über die Wangen und er ließ es geschehen.

Er hörte ein Rascheln und Paolo sagte von der anderen Seite der Tür: »Verstehst du, wieso ich das getan hab'?«

»…«

»Anto… verstehst du, wieso ich das getan hab’?«

»Ja.«

»Bist du sauer auf mich?«

»Nein.«

»Ich will nicht mehr darüber reden. Es ist nichts passiert heute, okay?«

Stille.

Nicola wohnte in einer schönen Wohnanlage. Mit Grünfläche und allem Drum und Dran. Dort lebten aber hauptsächlich Rentner und alleinstehende Damen, und so umwehte den Ort ein Hauch von Melancholie. Es schien, als würde das Leben dort stillstehen und auf etwas warten, das einfach nicht kam. Und in dieser Erwartung blieb alles völlig regungslos.

Paolo überquerte den Weg der Anlage, Antonio hinter ihm zog nervös an seiner Zigarette.

Paolo rief ihm zu: »Alles gut?«

Antonio nickte.

»Du wirkst angespannt.«

»Mir geht’s gut.«

Sein Bruder war einer von diesen Leuten, die ihr Leben lang mit einem Schmollmund herumliefen. Die es lieben, wenn man sie fragt *Was ist los? Geht’s dir gut? Ist irgendwas passiert?*, nur um zu antworten, dass alles bestens sei. Das dann aber mit einem Schmollmund.

Leck mich, Paolo würde sich von ihm nicht die Laune verderben lassen.

Sie läuteten an der Tür, Nicola öffnete augenblicklich. Er war groß, hatte eine schiefe Nase und eng stehende Zähne. Im Souterrain trafen sie auf Carlo, Paolos anderen Freund. Er war klein und hager wie ein Besenstiel und hatte strohblonde fettige Haare, die ihm an seinem birnenförmigen Kopf klebten. Nicolas Eltern waren übers Wochenende weggefahren, so hatten sie die ganze Wohnung für sich.

Es dauerte noch ein wenig, bis die tiefgefrorenen Pizzen fertig waren, und sie beschlossen, die Wartezeit mit Trinken und Rauchen zu überbrücken. Carlo zog ein paar Joints aus der Tasche, zündete sie an und reichte sie weiter. Paolo öffnete einen Grappa, schenkte ein und verteilte die Gläser. Sie stießen an und kippten ihn hinunter. Nicola bereitete die zweite Runde vor, die Joints wanderten von Hand zu Hand.

Wieder runter damit: zweite, dritte, vierte Runde.

Paolo spürte, wie sich die Wärme des Alkohols in seiner Magengegend ausbreitete.

Rauch hing in der Luft. Sie wurden immer aufgedrehter. Ihr Gelächter schallte durch das Souterrain. Es war ein schmuckloser großer Raum. Es gab eine Tischtennisplatte, an der sie saßen, eine stumme Stereoanlage und ein unbewohntes Aquarium, das mit stinkender grüner Pisse gefüllt war. Sie tranken die fünfte und die sechste Runde. Sie rauchten die Joints zu Ende. Dann waren die Pizzen fertig. Zwei Capricciosa und zwei Margherita, auf die Nicola noch eine Packung viel zu kalte Salami und eine Packung viel zu salzige gebackene Oliven kippte.

»Habt ihr schon mal bei *Le tre caravelle* gegessen?«, fragte Carlo mit vollem Mund. »Das ist in der Via Pilo.

Die besten Miesmuscheln in Tomatensoße auf der ganzen Welt!«

»Ich mag keinen Fisch«, sagte Paolo angewidert.

»Gibt's da auch Pasta Vongole?«, fragte Antonio.

»Ich mag Thunfisch«, kommentierte Nicola. »Haben die auch Thunfisch?«

»Klar!«, antwortete Carlo. »Die haben sogar Pasta mit Fischrogen.«

»Was ist Fischrogen?«, fragte Antonio.

»Eier von Fischen«, gab Paolo zurück.

»Ist das nicht Kaviar?«

»Das auch. Ich glaube, das sind unterschiedliche Eier«, sagte Carlo. »Auf alle Fälle gibt es dort diese ganzen Sachen. Geh'n wir da mal hin?«

»Du spinnst wohl!«, wies ihn Paolo zurecht. »Das kostet sicher ein Vermögen.«

»Jetzt hab' ich Lust auf die frittierten Meeresfrüchte, die es immer am Strand hinter dem kleinen Wald gibt«, sagte Nicola. »Für drei Euro kriegst du da eine ganze Tüte frittierten Fisch, der vor Öl nur so trieft.«

»Wollen wir morgen ans Meer fahren?«, fragte Carlo. »Dann können wir uns auch frittierte Meeresfrüchte kaufen.«

»Von mir aus«, sagte Nicola. »Entspannen ... Sonne ...«

Paolo schlief am Sonntag gern bis spät in den Tag hinein. Es war sein einziger freier Tag – den Rest der Woche schuftete er auf der Baustelle – und alles, worauf er dann Lust hatte, war zu Hause rumzuhängen. Vor dem Fernseher. Die Ventilatoren direkt auf ihn gerichtet, einen Joint in der einen, ein Bier in der anderen Hand.

Seine beiden Freunde hingegen hatten nie irgendetwas zu tun. Ihre Eltern schoben ihnen alles in den Arsch und das Geld kam ihnen zu den Ohren raus. Nicola arbeitete für die Firma seiner Familie. Sie handelten mit Orangen, die sie sogar nach Norditalien lieferten. Er machte sich aber nicht auf den Feldern den Rücken krumm, dafür hatten sie ja die Schwarzen, die ihnen für die drei Euro pro Stunde auch noch dankbar waren. Nein, er *erledigte die Buchhaltung*. Eine schöne Umschreibung dafür, dass er eigentlich gar nichts tat. Carlo verbrachte den ganzen Tag zu Hause und holte sich permanent einen runter. Er sagte, dass er Videospiele machen wollte, also entwickeln und so weiter, aber letztendlich spielte er sie einfach nur und das war's.

Sie gingen Paolo oft auf die Nerven. Sie waren durchschnittliche Nichtsnutze. Ihm gegenüber benahmen sie sich aber gut und das war ihm genug. Sie hatten sein Potenzial erkannt. Sie hatten begriffen, dass Paolo nur auf den richtigen Moment wartete, um der Welt seine Überlegenheit zu demonstrieren; um den Gipfel zu erklimmen und von dort aus auf die Welt hinabzupinkeln. Und ohne es selbst zu wissen, waren sie ihm dabei behilflich.

»Lasst uns das später entscheiden, das brauchen wir nicht jetzt besprechen«, ordnete Paolo an.

Als sie die Pizzen aufgegessen hatten, zauberte Nicola wie aus dem Nichts eine große Flasche Rum hervor. Eine Billigmarke, stark wie Benzin. Carlo drehte zwei weitere Joints und reichte sie herum.

Zwei Stunden später saßen sie im diffusen Licht und der schwülen Hitze betrunken und breit an der klebrigen Tischtennisplatte. Paolo musste die ganze Zeit dümmlich grinsen. Es war die Leichtigkeit, die er mit der einzigen Art von Frieden assoziierte, die zu empfinden ihm möglich war, die Freiheit von der Wut, die ihn beherrschte, die ihn völlig für sich vereinnahmt hatte. Es war dieses Gefühl, von der Welt losgelöst zu sein, das ihm nur der Alkohol geben konnte. Eine Handbreit von allen anderen entfernt, umgeben von schützenden Mauern, die die ätzende Flut abwehrten, die sein Dasein zersetzen wollte.

Schallendes Gelächter. Schwere Luft. Wilde Euphorie.

Ein elektrischer Schlag durchfuhr Paolo. Mit seiner bloßen Hand hätte er die ganze Welt zerquetschen können. Antonio, Carlo und Nicola waren Verlängerungen seines eigenen Körpers. Er setzte die Flasche Rum an seine Lippen und trank sie leer. Kleine Rinnsale liefen ihm über Kinn und Hals. Sie verließen die Wohnung, stiegen in Carlos Mito und fuhren los.

Im *Miami* drehte sich die Welt schneller, ging alles durcheinander. Die Luft war so stickig, dass es einem den Atem verschlug. Es war drückend heiß. Ein schrecklicher Gestank von Schweiß und Zigaretten hing in der Luft. Das Licht war gedimmt. Die Musik voll aufgedreht, irgendein Elektrozeug, das wie verrückt dröhnte und alles vibrieren ließ.

Menschen, die begierig Nähe suchten. Rücken, die aneinanderklebten, Hände, die sich streiften, Beine, die sich umeinanderschlangen. Alle tanzten mit hochgerissenen Armen, sprangen herum, schlugen wild um sich. Überall nur hin und her wogende Körper. Heiß, überdreht, rasend.

Auch sie warfen sich ins Getümmel und bahnten sich einen Weg in die Mitte der Tanzfläche. Paolo stand kurz davor, in Flammen aufzugehen. Diese Musik, diese Menschen, dieser Geruch waren wie Benzin für ihn. Ein Frauenkörper näherte sich ihm. Sie begannen, miteinander zu tanzen. Bei jeder Bewegung spürte er, wie sie sich an ihn schmiegte, ihr Parfüm durchdrang alles, ihre Hände fingerten krampfhaft suchend herum. Dann ihre Lippen. Und ihre harte, raue Zunge, die in ihn eindrang. Sie schmeckte nach Erdbeeren und Zigaretten. Sie murmelte irgendetwas, als Antwort griff er ihr an den Arsch. Sie schoben sich zu den Toiletten, drängelten sich an der Schlange vorbei, stießen alle zur Seite und gingen in die Behindertentoilette. Irgendein Vollidiot saß dort mit ausgestreckten Beinen und kotzte sich voll. Paolo packte ihn bei den Haaren und warf ihn hinaus. Sie gingen hinein, er verriegelte die Tür und beobachtete, wie sich der Frauenkörper mit leerem Blick den Rock hochschob. Er nahm sie an der Hüfte, drehte sie mit dem Gesicht zur Wand und spreizte ihre Schenkel. Er ließ seine Hose herunter, drang in sie ein und explodierte.

In diesem Akt, in dieser Nacht, war er selbst nicht anwesend.

Nur seine namenlose Wut.

An diesem Sonntag stand Anna Franchini um sieben Uhr morgens auf.

Am Abend zuvor hatte sie Mikrowellen-Popcorn und Eis aus der Packung gegessen. Das bereute sie jetzt. Sie ging zum Spiegel und presste ihre Hüften zusammen. Sie fuhr sich mit einer Hand über den schwabbeligen Bauch und versuchte ihn einzuziehen. Sie strich sich die Haare glatt und beschloss, sie zu waschen. Sie entdeckte drei neue Pickel und verordnete sich eine Lehm-Maske.

Floriana, Martina und Benedetta wollten heute Vormittag ans Meer fahren. Um ihre im Fitnessstudio geformten Körper zur Schau zu stellen. Sie ging nie mit an den Strand, pummelig und weiß wie ein Gespenst, wie sie war. Ihre Mutter hatte ihr Badeanzüge gekauft, deren Design scheinbar darauf ausgelegt war, Speckrollen zu kaschieren. Alle mit Rüschen und Schleifchen. Sie hatte sie anprobiert und festgestellt, dass sie das Problem zwar nicht lösten, es aber immerhin auf die richtige Art und Weise verhüllten. Anna hatte riesige Titten und einen dicken Hintern. Und die neuen Badeanzüge passten ihr ganz gut. Deshalb hatte sie gestern in der Bar am Marktplatz ihren Freundinnen gesagt, dass sie auch mitkommen würde ans Meer. Wahrscheinlich würde sie sich schämen, aber in ihrem Alter konnte sie schließlich nicht wie eine Einsiedlerin leben.

Aber nach dem ganzen Popcorn ..., sagte sie sich mit einem prüfenden Blick in den Spiegel, *scheiß drauf, heute fahre ich ans Meer, Schluss, aus!*

Sie musste sich dazu zwingen, aus ihrem Schneckenhaus hervorzukommen. Ansonsten würde sie als einsame, arme Verrückte enden. Als schwachsinnige alte Jungfer, die mit einer Armee von Katzen zusammenlebt und allen Bekannten, die sie beim Einkaufen trifft, ein Ohr abkaut.

Achtzehn Jahre alt, übergewichtig, mit nur drei Freundinnen und keinem festen Freund in Sicht: sie war schon auf einem guten Weg dahin.

Floriana, Martina und Benedetta redeten die ganze Zeit nur über ihre Erfahrungen. Wie sie *das* und *das andere* getan hatten. Anna brachte das immer in Verlegenheit. Sie kam sich dabei zurückgeblieben vor. Fehl am Platz. Und das wollte sie ändern. Deshalb hatte sie beschlossen, bis zum Ende des Sommers ihre Jungfräulichkeit zu verlieren. Sie hatte stets gedacht, Sex sei etwas Besonderes. Etwas, das man mit Menschen machte, die einem wichtig sind. Aber das Geschwätz ihrer Freundinnen hatte ihre ganzen romantischen Vorstellungen zunichtegemacht. Jetzt wollte sie es nur noch schnell hinter sich bringen.

Sie warf einen letzten Blick in den Spiegel und beschloss, zum Frühstück nur ein Glas Milch zu trinken und sonst nichts. Sie öffnete den Kleiderschrank und nahm die neuen Badeanzüge heraus, Enthaarungscreme, Schminke, Lockenstab, Nagellack und Bodylotion.

Anna Franchini wollte sich schön fühlen. Sie wollte sich fühlen wie alle anderen.

Antonio war verkatert.

Mit dem Gesicht in die Handflächen gestützt saß er am Küchentisch und verfluchte sich dafür, dass er am Abend zuvor so viel getrunken hatte. Alles drehte sich, er spürte ein seltsames Beklemmungsgefühl in den Lungen und hatte einen üblen Geschmack im Mund.

Elf Uhr. Die Hitze hatte ihn geweckt. Er war pinkeln gegangen und hatte dabei immer wieder die Schüssel verfehlt. Er hatte sich unter den Wasserhahn geklemmt und gierig große Schlucke getrunken. Dann hatte er Kaffee aufgesetzt. Jetzt wartete er darauf, dass die Espressokanne zu röcheln begann. Er war nackt, abgesehen von der Sonnenbrille auf seinem vom Schlaf zerknautschten Gesicht und dem mit kaltem Wasser getränkten Cap auf seinem schmerzenden Schädel.

Es war ein schrecklicher Abend gewesen. Paolo, Carlo und Nicola waren schon um Mitternacht sturzbetrunken gewesen. Bei seinem Bruder war es am schlimmsten gewesen. Im *Miami* hatte Paolo einen Fick klargemacht. Aber kurz nachdem er mit einem zufriedenen, stumpfsinnigen Grinsen im Gesicht zu ihnen zurückgekommen war, hatte er mitten auf die Tanzfläche gekotzt. So waren sie gezwungen gewesen, die Disco zu verlassen. Auf den brachliegenden Feldern hatten sie sich noch einen Gute-Nacht-Joint gedreht. Dieses Stück Land suchten sie auf, um Sex zu haben oder um zu rauchen. Im Morgengrauen waren sie dann endlich nach Hause gefahren.

Er stellte den Kaffee auf den Tisch, nahm noch ein paar Kekse dazu und zwang sich alles hinunter. Er zündete sich eine Zigarette an und stand auf, immer noch nackt. Neben der Eingangstür standen die Plastiktüten, die Paolo aus den Containern gefischt hatte.

Er wühlte darin herum: dicke und dünne Bücher, neue und gebrauchte. Einige der Titel hatte er schon einmal gehört, andere sagten ihm gar nichts. Er nahm eines in die Hand: *Stoner* von John Williams.

Wenn ich Paolo sage, dass ich es behalten will, bringt er mich um. Er will nur das Geld.

Er lief in sein Zimmer und versteckte das Buch unter der Matratze. Er blickte es ein letztes Mal an und ging zurück in die Küche. Unter dem Fenster hupte jemand mehrmals. In Badehose und Unterhemd lehnten Carlo und Nicola an der Seite des Mito, der direkt hinter der kleinen Mauer vor dem Haus parkte.

»Und?«, rief Carlo. »Kommt ihr oder nicht?«

»Was?«, sagte Antonio.

»Wie *was*? Wir haben gestern ausgemacht, dass wir ans Meer fahren!«

»Red keinen Scheiß!«

»In den Feldern! Ich hab' am Ende gefragt, ob ihr Lust auf Meer habt, und ihr habt Ja gesagt.«

Er hatte recht, Antonio erinnerte sich jetzt wieder daran. »Paolo schläft noch.«

»Mach uns auf, dann wecken wir ihn.«

Antonio schlüpfte in eine Jogginghose, die er in einer Ecke der Küche fand, und öffnete ihnen. Er servierte ihnen Kaffee und Kekse. Dann beschlossen Carlo und Nicola, dass es an der Zeit wäre, Paolo zu wecken. Antonio ging währenddessen ins Bad. Er stank. Saurer Schweiß, Rum und Zigarettenrauch. Verschmierte Haare, klebrige Arme. Er putzte sich die Zähne und stellte sich unter die Dusche. Danach zog er eine Unterhose an und legte sich wieder ins Bett.

»Darf man erfahren, wieso zur Hölle du sie reingelassen hast?« Paolo stand vor seiner Tür; auch er in Unterhose, sein großes schläfriges Gesicht von Alkohol und Gras entstellt.

»Was hätte ich denn tun sollen, sie draußen stehen lassen?«

»Ich hab' einen einzigen Tag, an dem ich mich ausruhen kann, und da muss ich mich von diesen beiden aufwecken lassen?«

»Lass das nicht an mir aus, sind ja deine Freunde. Ich habe ...«

»Ich lass' das nicht an dir aus, keine Angst«, fauchte er und ging weg.

Zum Teufel mit ihm, immer bin ich an allem schuld in diesem Haus!

Er ging wieder in die Küche, wo die anderen drei um den Tisch saßen. Er setzte sich zu ihnen.

»Wie lange brauchst du, um dich fertig zu machen?«, fragte Carlo gerade.

»Was weiß ich, eine Viertelstunde.« Paolo hatte sich eine Zigarette angezündet.

»Ach komm, es ist schon spät!«, beschwerte sich Nicola. »Kannst du dich nicht ein bisschen beeilen?«

»Geh mir nicht auf den Sack, es ist Sonntag«, war seine Antwort. »Antonio, Kaffee!«, befahl er, ohne ihn anzublicken. »Mach mir einen, diese beiden Idioten haben ihn mir weggetrunken und ich brauch' jetzt wirklich einen Kaffee.«

»Mach ihn dir doch selbst, ich bin nicht dein Sklave.«

»Fang du nicht auch noch an, okay? Ich hab' einen Kater.«

»Und, wen kümmert das? Da bist du nicht der Einzige, mir geht's auch dreckig.«

»Antonio!«, knurrte Paolo. »Mach mir einen scheiß Kaffee!«

»Ich versteh' nicht, wieso du ihn dir nicht selbst machen kannst, ich habe ...«, erwiderte Antonio, konnte aber den Satz nicht zu Ende sprechen, da sein Bruder ruckartig aufstand; sein Stuhl kippte um, die Tassen fielen zu Boden und zerbrachen.

»Es reicht!«, brüllte Paolo, schlug mit einer Hand auf den Tisch und packte Antonio mit der anderen an der Gurgel. »Ich hab' dich nicht um irgendetwas Kompliziertes gebeten, verdammte Scheiße! Es ist doch ganz einfach. Du sollst Kaffee machen. Einfach nur Kaffee!«, wieder schlug er auf den Tisch. »Wieso zur Hölle musst du deswegen so rumjammern? Kannst du es nicht einfach machen und gut ist's?«

Die Finger seines Bruders krallten sich in seine Kehle, Antonio fixierte ihn mit einem Blick, in den er den ganzen Hass legte, zu dem er fähig war.

Paolo funktionierte wie ein Dampfkochtopf. Er musste seine Wut kontinuierlich in kleinen Dosen ablassen, um nicht zu explodieren. Sollte jemals der Deckel hochgedrückt werden, würde die ganze Zerstörungswut, die in ihm kochte, freigesetzt. Und Antonio war der Idiot, der den Deckel mit einer Hand festhalten musste. Deswegen hasste er ihn, und deswegen hasste er sich selbst. Und manchmal hasste er ihn so sehr, dass es sich wie Liebe anfühlte, und manchmal hasste er sich selbst so sehr, dass er dachte, er und Paolo seien dieselbe Person.

Und vielleicht stimmte das im Grunde auch. Jeder ist nur das, was er zu verlieren hat, und alles, was Antonio auf dieser Welt hatte, war sein Bruder.

»Leck mich!«, murmelte er, entwand sich seinem Griff und gehorchte.

Er machte Kaffee.

In der Küche wurde es still.

Die folgenden Minuten vergingen äußerst langsam. Paolo frühstückte schweigend und mit zufriedener Miene. Antonio setzte sich auf das Fensterbrett und begann zu rauchen. Carlo und Nicola machten keinen Mucks und schienen damit beschäftigt, mit den Möbeln zu verschmelzen.

»Ich geh' mich fertig machen«, sagte Paolo und erhob sich vom Tisch. Er rülpste, ging zu seinem Bruder und legte ihm die Hand in den Nacken. »Dann fahren wir ans Meer und lassen es uns gut gehen, ja?«, sagte er lächelnd.

Antonios Wut verschwand, als hätte es sie nie gegeben.

So lief es immer. Wie ein Grashalm beugte er sich in die Richtung, in die der stärkste Wind wehte. Mit Gefühlen konnte er nicht umgehen. Er ließ sich von den Befehlen derjenigen Menschen formen, die ihm nahestanden. Antonio lebte für die anderen, und so starb er jeden Tag.

Eine halbe Stunde später brachen sie auf. Die Straßen waren alle verstopft. Auf dem Parkplatz stritt Paolo mit ein paar Typen um einen Platz zwischen zwei Motorrädern. Als er aus dem Auto stieg, schien die Diskussion aus dem Ruder zu laufen. »Steig aus! Komm, steig aus, du Penner! Diesen Parkplatz musst du dir verdienen. Steig aus, wenn du die Eier dazu hast!«

Die jungen Männer entschuldigten sich und fuhren davon. Antonio blickte zu Boden und versank in seinem Sitz.

Am Strand war kein Zentimeter mehr frei, ein Meer aus Sonnenschirmen und Strandtüchern.

»Scheiß Proleten. Haben nichts zu tun und drängen sich hier zusammen wie die Schafe«, beschwerte sich Paolo.

Familien mit Hund, tragbarem Kühlschrank und einer Wassermelone, die an einem Stein befestigt in der Brandung trieb. Reisegruppen, die Pavillons und Campingzelte aufgestellt hatten, Radios, aus denen verschiedene Lieder tönten. Paare fortgeschritteneren Alters, die auf unförmigen Liegestühlen lasen und die Kinder verfluchten, die wie durchgedrehte Bälle herumsprangen und Sand in alle Richtungen verteilten. Am Ende der Küste, wo der Strand aufhörte und dem Meer wich, zeichnete sich eine einsame kleine Insel ab. Sie befand sich um die fünfzig Meter vom Festland entfernt, in ihrer Mitte erhob sich ein verlassener Leuchtturm mit kaputten Fenstern und abgeblätterten Wänden.

Sie fanden ein paar freie Meter. Dort breiteten sie ihre Strandtücher aus und zogen sich ihre Badehosen an.

Antonios Kopf glühte, sein T-Shirt war schweißgetränkt.

Paolo legte sich hin und zündete sich eine Zigarette an. »Weißt du, was der Wahnsinn wäre? Wenn du frittierten Fisch kaufen gehst und ihn uns hierherbringst«, sagte er zu Antonio.

»Und wieso muss ich gehen?«

»Ich hab' Hunger.«

»Willst du wirklich, dass ich *ganz allein* frittierten Fisch holen gehe?«

Als einzige Antwort nahm Paolo ein paar Münzen aus seinem Geldbeutel und gab sie ihm. Dann wandte er sich an Carlo und Nicola. »Wenn ihr auch was wollt, solltet ihr ihm Geld geben, damit er für alle was kauft.«

»Ich geh' mit«, sagte Carlo.

»Nein. Ich geh' allein«, knurrte Antonio.

Sie gaben ihm Geld, er schlüpfte in seine Flipflops und ging Richtung Brandung. Es war nicht weit bis dorthin, wo es den frittierten Fisch gab. Höchstens fünf Minuten. Aber unter der brennenden Sonne und mit seinem gekränkten Herz erschien Antonio der Weg dreimal so weit. Die kleine Bar lag direkt am Strand. Sie war aus Holz, weiß und blau gestrichen, mit leichten Vorhängen anstelle von Wänden, hier und dort war irgendwelcher Nippes daran befestigt, abgeschliffene Baumstämme dienten als Stühle. Antonio überquerte gerade den Strand, als er hörte, wie jemand seinen Namen rief. Er drehte sich um: Anna Franchini kam ihm entgegen.

»Entschuldige, ich hab' dich nicht gesehen!«, begrüßte er sie; schnell strich er sich die Haare glatt und zog den Bauch ein.

»Wie geht's?«

»Na ja ... Meer, Freunde ... Sommer eben ...«, brachte er erbärmlich stammelnd hervor.

Anna nickte verdutzt. »Holst du etwas von der Bar?«

»Frittierten Fisch.«

»Frittierten Fisch?«

»Frittierten Fisch, ja.«

»Liegt der nicht zu schwer im Magen, wenn man am Strand ist?« Anna deutete ein Lachen an.

»Ist nicht für mich«, rechtfertigte er sich. »Ist für meine Freunde.«

Nun lachten sie beide.

»Ich muss Eis kaufen. Ich bin mit Floriana, Martina und Benedetta hier, aber die haben sich schon eingecremt, deshalb haben sie mich geschickt«, sagte sie lachend, und dieses Mal schien sie diejenige zu sein, die verlegen war.

Anna war keine Schönheit. Dicklich, Kurven an den falschen Stellen und übersät von Pickeln. Andererseits hatte sie ein schönes Gesicht und riesige Titten, und wenn sie lächelte, war sie ganz süß. Aber ihre Freundinnen, das waren wirklich heiße Bräute. Benedetta war seine Traumfrau, Martina war das Mädchen, mit dem Paolo am Abend zuvor etwas gehabt hatte, und Floriana war die, mit der Italo geschlafen hatte. Zu schön, zu beliebt, zu alles für Antonio.

Schweigend standen sie in der Schlange, getrennt von einer Wand aus Verlegenheit.

Antonio spürte die Blicke aller Anwesenden auf sich gerichtet. Er fühlte sich besonders, *die werden denken, dass wir zusammen sind, dass wir ein Paar sind.*

Er schwelgte in dieser Vorstellung und ein paar Augenblicke lang wurde sie für ihn zur Realität, dann kam er wieder zu sich und fühlte sich dumm: niemand schaute ihn an.

»Musst du in den Ferien viel für die Schule machen?«, fragte sie.

»Einen Haufen. Die Ferrante hat uns ein ganzes Übungsbuch aufgegeben! Aber ich mach' das nicht«, sagte er abgebrüht. »Ich hab' im Sommer Besseres zu tun, als Hausaufgaben zu machen.« Er verschränkte die Arme.

Anna lächelte, er fühlte sich ermutigt.

»Außerdem hab' ich jetzt einen Job, da hab' ich keine Zeit für so was.«

Das ist nicht wirklich gelogen, rechtfertigte er sich, *ich greife nur ein bisschen voraus.*

»Du arbeitest?«, fragte Anna interessiert; er fand sie süß. »Was machst du?«

»Ach, nichts Besonderes, weißt du ...« Es gelang ihm nicht, ihr aus dem Stegreif eine überzeugende Lügengeschichte aufzutischen. »Sagen wir, es ist nicht unbedingt mein Traumjob ... ich leg' ein bisschen Geld zur Seite. Ich will reisen, weißt du.«

»Ich auch!«, zwitscherte Anna. »Ich will nach Athen und nach Berlin!«

»Ich nach Australien. Es ist riesig, viel größer als Italien.«

»Und nach Amerika? Ich war letztes Jahr mit meinen Eltern dort, es ist wie im Film! Vor zwei Jahren waren wir in Paris, davor in London, Tunesien und Madrid. Wo warst du schon überall?«

In Rom, als Papa nach seinem Unfall auf der Via Ippocrate dort operiert wurde. In Tropea im Strandhaus einer Freundin von Mama. Und in Grosseto, damals, als Papa davon überzeugt war, dass er mit dem Handel von sardischen Schildkröten reich werden könnte. Das war's. Nicht der Rede wert.

Aber eher würde er sich zu Boden werfen und sich tot stellen, als dass er das zugeben würde.

»Nächster!«, rief die Kassiererin.

Antonio bestellte vier Tüten frittierte Meeresfrüchte, Anna drei Eis.

»War schön, dich zu sehen«, verabschiedete sie sich von ihm mit einem süßen Lächeln.

Sie küssten sich auf die Wange, wobei Antonio ihren Geruch wahrnahm: wie saubere, frisch gewaschene Wäsche. »Hast du Lust, etwas trinken zu gehen?«

Verdammt, dieser Impuls war nicht aus seinem Gehirn gekommen, das hatte sein blöder Mund alles ganz allein getan.

»Wie bitte?«

Die frittierten Meeresfrüchte waren fertig. »Ja, also, ich will ja reisen, jetzt, da ich Geld habe«, *was für Geld?*, »und weil du ja schon an so vielen Orten warst, dachte ich, du könntest mir vielleicht ein paar Tipps geben ...« Erbärmlich, Versagen auf ganzer Linie.

Anna musterte ihn von Kopf bis Fuß. Dann lächelte sie. »Ruf mich an!«

Gütiger Gott!

Sie verabschiedeten sich. Er mit nur schlecht verborgener Unbeholfenheit, sie mit gespielter Gleichgültigkeit. Dann gingen sie auseinander.

In Antonio machte sich Leichtigkeit breit.

Anna hatte nichts Außergewöhnliches an sich. Sie war wie viele andere auch. Vielleicht sogar schlechter. Was ihm gefiel, war die Vorstellung, die er sich von ihr machte, was er sich sehnlichst wünschte, war, sich besonders zu fühlen. Wichtig, begehrt, unverzichtbar für das Leben eines anderen Menschen zu sein. Und er glaubte, dass er diese Art von Gefühlen finden würde, sobald er in die Arme einer Frau sank. Es musste keine besondere sein, jede x-beliebige wäre ihm recht gewesen. Sogar Anna, die er weder schön noch interessant fand.

Dieses Bedürfnis erfüllte ihn so sehr, dass es alles andere aus seinem Kopf verdrängte.

Er kam zu den anderen zurück und überreichte ihnen den frittierten Fisch.

Normalerweise teilte Antonio alles mit seinem Bruder, aber dieses Mal beschloss er, ihm nicht von Anna zu erzählen. Er wusste schon, wie der reagieren würde, und er hatte keine Lust, sich das anhören zu müssen: *Wer, dieses Pummelchen? Das ist eine Schwarte, die Lust auf Schwänze hat, schlag dir das aus dem Kopf.* Nein, Paolo würde hier nichts zu melden haben. Dieses Kapitel wollte Antonio ganz allein schreiben.

Die Sonne ging unter, der Strand leerte sich.

Paolo saß auf seinem Strandtuch, zwischen den Beinen eine leere Wodkaflasche. Die hatten sie in der Bar gekauft. Carlo und Nicola jagten einander durch die Brandung. Angeheitert, überschwänglich. Antonio dämmerte im Halbschlaf vor sich hin. Das Meer hatte sich orange gefärbt. Paolo musste es zugeben, es war ein schöner Tag gewesen. Einer von denen, die in dir ein zartes Wehmutsgefühl zurückließen. Er zündete sich eine Zigarette an, kippte einen Schluck Alkohol hinunter und stand auf. Er zog den Pullover an, den er mitgebracht hatte, und ging leicht schwankend ans Wasser; als er seine Füße eintauchte, durchfuhr ihn ein Schauer, der ihn wieder klar im Kopf werden ließ.

Ein Pärchen, ungefähr in seinem Alter, überholte ihn und schwamm ins offene Meer hinaus. Sie schüttelte sich immer wieder und beklagte sich kichernd über die Kälte. Er feuerte sie an, umarmte sie, küsste sie. Irgendwann waren sie nur noch zwei weit entfernte Pünktchen in der bernsteinfarbenen Weite des sich kräuselnden Meeres.

Paolo ließ die Hosen herab und pinkelte in ihre Richtung.

Als der Wecker klingelte, las er in dem Buch, das er unter seiner Matratze versteckt hatte.

Der Hund von Carrisi hatte im Morgengrauen angefangen, sich heiser zu bellen, und Antonio hatte seitdem nicht wieder einschlafen können. Er war völlig verschwitzt, er stand auf und ging ins Bad. Von den vergangenen Tagen am Meer hatte er einen Sonnenbrand, seine Brust und Wangen waren ganz rot. Er hätte sich gern eingecremt, aber sie hatten nichts zu Hause. Er glaubte sich zu erinnern, dass im Kühlschrank noch ein abgelaufener Joghurt stand, und irgendwo hatte er gelesen, dass das gut gegen Verbrennungen sei.

Er frühstückte und schlurfte in Paolos Zimmer. Der lag schnarchend auf dem Rücken. Antonio rief ihn, aber er schien im Koma zu liegen. Er rief ihn lauter: nichts. Noch einmal: nichts. Er setzte sich neben ihn und rüttelte ihn wach.

»Wie spät ist es?«, nuschelte er schmatzend, das Gesicht ins Kissen gepresst.

»Neun.«

»Was sagst du da, verdammte Scheiße.« Es war keine Frage, sondern wirkte vielmehr wie eine Drohung.

Jetzt sagt er gleich, dass es zu spät sei und dass ich ihn hätte wecken sollen und dass es meine Schuld sei.

»Neun ...«, wiederholte Antonio und bei ihm wirkte es eher wie eine Frage.

»Heilige Scheiße, wieso hast du mich nicht geweckt?«, sagte Paolo, schon auf dem Weg ins Bad.

Antonio ging in die Küche und stellte den Kaffee auf den Tisch.

»Du weißt doch, dass ich auf die Baustelle muss!«, polterte sein Bruder und nahm Platz. »Und du weißt, dass Serra mir den Arsch aufreißt, wenn ich zu spät komme! Wieso hast du mich nicht geweckt, verrätst du mir das?«

»...«

»Sag was, Antonio, wenn du nur so stumm dastehst, wirkst du wie ein Vollidiot! Bist du vielleicht ein Vollidiot?«

Er schüttelte den Kopf.

»Eben, und wieso hast du mich dann nicht geweckt?«

»...«

»Ja?«

»...«

»Sag was, verdammt!«

»Ich weiß nicht, wieso ich dich nicht geweckt habe. Und ... du hast recht, tut mir leid.«

Hastig trank Paolo seinen Kaffee. Dann stand er auf und ging langsam, ganz langsam, auf Antonio zu. Mit beiden Händen umfasste er das Gesicht seines Bruders. »Ich behandle dich nicht deshalb schlecht, weil ich ein Arschloch bin. Und wenn du das manchmal denkst, dann will ich, dass du weißt, dass ich das nur deshalb tue, weil ich dich darauf vorbereiten will, was da draußen auf dich zukommt. In dieser Welt will dich jeder in den Arsch ficken. Glaub mir, ich weiß das. Ich hab' das selbst erlebt. Und du kannst nur zwei Sachen tun. Entweder du lässt dich ficken und hältst den Mund oder du zeigst ihnen, dass du Eier hast, und machst dem Ersten, der dich anrührt, klar, wer hier das Sagen hat. Verstehst du, was ich meine?«

Antonio war ganz verzaubert und starrte seinen Bruder sprachlos an. Zum ersten Mal in seinem Leben war ihm ein kleines Detail aufgefallen: sie hatten die gleichen Augen. Farbe, Form, Ausdruck. Identisch. Dennoch gab es auch etwas, das anders war. Etwas, das er nicht hätte in Worte fassen können.

»Hörst du mir zu? Verstehst du, was ich meine?«

Er nickte.

»Gut. Und weil ich nicht will, dass sich mein Bruder vom erstbesten Idioten ficken lässt, muss ich dich abhärten. Ich mache das, weil ich will, dass du lernst, wie man kämpft; weil du mir wichtig bist! Das weißt du, oder?«

Er nickte.

Paolo blickte ihm fest in die Augen. Seine Hände umfassten immer noch den Kopf seines Bruders. Mit seinem Blick schien er dessen Inneres zu durchleuchten. Auf der Suche nach etwas, an dem er sich festhalten konnte und das ihm helfen würde, weiterzumachen, nach einer Bestätigung, die ihm Kraft geben würde. Und Antonio dachte, dass sein Bruder vielleicht genauso zerbrechlich war wie alle anderen Menschen.

»Alles, was ich tue, tue ich, damit wir uns über Wasser halten können, verstehst du das?«

Er nickte.

»Das ist mein Bruder!« Er küsste ihn auf die Stirn und ging.

Als er das Auto parkte, hatte er eine Verspätung von zwanzig Minuten.

Die Carlucci machte gerade Kaffee. Hinter dem Schreibtisch, versunken in irgendwelche Akten, saß Serra. »Du bist gefeuert. Heute ist dein letzter Tag, danach will ich dich hier nicht mehr sehen«, sagte er, ohne ihn auch nur eines Blickes zu würdigen. »Komm bei mir vorbei, bevor du gehst, dann geb' ich dir das Gehalt für diesen Monat.«

»Ich bin nur *zwanzig Minuten* zu spät!«

»Hier geht es ums Prinzip.«

»Du kannst mich nicht einfach so feuern, verdammte Scheiße!«

»Glaubst du, du kannst mir sagen, was ich tun kann und was nicht, du Arschloch?«

Ruhig. Bleib ruhig.

»Ich hab' dir gesagt, dass du pünktlich zu sein hast, und ich hab' dir auch gesagt, dass ich dich rausschmeiße, wenn du weiterhin einfach nur machst, was du willst. Und was machst du? Du machst, was du willst. Also geh mir jetzt nicht weiter auf den Sack.«

»Nein.«

»…«

»…«

»Was hast du gesagt?«, fauchte Serra, ging durch den Container und baute sich wenige Zentimeter vor Paolos Gesicht auf. Mit geballten Fäusten und geschwollener Brust.

Paolo roch seinen stinkenden Atem, ließ sich aber nicht einschüchtern. Er war bereit für diesen Kampf. Er hatte ihn herbeigesehnt. Er wollte spüren, wie die Nase dieses Mistkerls unter seinen Fingerknöcheln zersplitterte. Wie ihm das Blut aus den Nasenlöchern schoss.

Scheiß drauf, den mach' ich kalt.

Als er gerade zum ersten Schlag ausholen wollte, schaltete sich eine Stimme ein. »Kaffee.«

Sie drehten sich um, die Carlucci hielt dem Baustellenleiter eine Espressotasse hin. Serra blickte sie überrascht an, als wäre er eben erst in die Realität zurückgekehrt. Er nahm den Kaffee und kippte ihn hinunter. Dann ging er zum Schreibtisch und atmete tief ein und aus. »Die aus der Chefetage haben dich eingestellt, weil sie deinen Vater kannten. Als ich ihnen berichtet hab', dass du ein Nichtsnutz bist, haben sie mir gesagt, dass ich dich nicht feuern soll.« Paolo wusste das: die Stelle hatte er Stefano zu verdanken gehabt; der war ihm tot nützlicher gewesen als lebendig. »Wenn es nach mir ginge, wärst du schon lang weg, aber die haben mir gesagt, es nicht zu tun, aus Respekt für ihn. Aber ich schwör' dir bei der Mutter Gottes und bei allen

Heiligen: wenn du dir noch einen einzigen Fehltritt erlaubst, schick' ich dich mit aufgerissenem Arsch nach Hause. Hast du das verstanden, du Wichser?«

Ja, Paolo hatte ihn verstanden, aber was er gehört hatte, passte ihm überhaupt nicht. Er hatte keine Lust, den Machtanspruch irgendeines hergelaufenen Idioten anzuerkennen. Schon beim Gedanken daran geriet sein Blut in Wallung. Aber er hatte keine Wahl. Er ballte seine Fäuste, biss die Zähne zusammen und zwang sich mit enormer Überwindung zu einem Nicken. Serra warf ihm einen letzten Blick zu, dann verließ er den Container.

Paolo rührte sich nicht vom Fleck, er schaute auf und begegnete dem Blick der Carlucci. Schweigend betrachtete er sie ein paar Sekunden lang. Dann ging auch er hinaus.

Er fühlte sich, als bestünde sein ganzes Inneres aus Millionen von Nadeln. Eine einzige Masse, die nach außen drang. Ein Gefühl, das immer stärker wurde, als wäre er lebendig begraben in seinem eigenen Körper. Es schien ihn überwältigen, ersticken zu wollen. Ein Gefühl, das er hasste und doch gleichzeitig anbetete, das ihn erdrückte und aufrecht hielt.

Er ging über den Vorplatz in eine der chemischen Toiletten. Machte die Tür hinter sich zu. Trat gegen das Klo. Wieder und wieder und wieder. Bis er es zertrümmert hatte.

Antonio suchte die Hausnummer der Veronesis.

Sie wohnten am Ortsrand. Große, abweisende Villen, geschützt von hohen Hecken, in den Auffahrten thronten dicke, auf Hochglanz polierte Autos. Ein Viertel für Reiche. Antonio konnte das Geld förmlich riechen. Er parkte den Boxer, strich sich im Spiegel des Mopeds die Haare glatt und wischte sich einen Rest Zahnpasta vom Kinn. Seine Hände waren schweißnass, inmitten dieses ganzen Luxus fühlte er sich wie eine Maus in einem Sternerestaurant. Er klingelte, auf dem Schild stand ›Veronesi – Marasco‹.

»Wer ist da?«

»Antonio …«, stammelte er. »Wegen der Stelle.«

Das Tor öffnete sich und er ging die Auffahrt entlang, die zum Haus führte. Auf der einen Seite ein riesiger Garten. Auf der anderen eine von großen Blumentöpfen umgebene Terrasse mit einem Pavillon, ein gemauerter Grill, ein Gewächshaus und ein Pool mit kristallklarem Wasser. In der Haustür stand eine Frau um die vierzig, die mit einem schönen Lächeln bewaffnet war. Das war das Erste, was ihm an Oriana Veronesi auffiel: sie hatte ein liebliches Lächeln. Das Zweite war, dass sie mit Schmuck behängt war wie eine Heiligenfigur.

Sie reichten sich die Hände und schwiegen. Zwei gegensätzliche Seiten derselben Geschichte. Wie sie sich da gegenüberstanden, verkörperten sie den natürlichen Gegensatz, der die Welt regierte. In dieser Grausamkeit lag eine gewisse Symmetrie. Sie gut gekleidet und wohlriechend, er in zerrissenen Jeans und einem nach Schweiß stinkenden T-Shirt; sie lächelnd und selbstsicher, er zerknirscht und verlegen.

»Bitte, komm' rein!« Sie zeigte ihm den Weg, bedeutete ihm, sich auf das Sofa im Wohnzimmer zu setzen, und bot ihm eine Cola an.

»Nein, danke!«, antwortete er und setzte sich verkrampft hin, er hatte Angst, das Sofa schmutzig zu machen. »Sie haben ein schönes Haus.«

Antonio hatte so etwas noch nie gesehen. In solchen Häusern wohnen nur amerikanische Schauspieler, Rap-Stars mit dicken Goldketten oder steinreiche Industrielle, dachte er. Auf jeden Fall hätte er nie erwartet, dass es so etwas auch in einem Drecksloch wie Camporotondo gab.

Diese Villa erschien ihm geradezu heilig, sie forderte ihm eine Hochachtung ab, die aufzubringen er nicht in der Lage war. Diese Vollkommenheit machte ihm Angst.

Frau Veronesi blickte sich um. Wie um sich zu vergewissern, dass ihr Haus in der Tat schön sei. »Marianna hat dich vermutlich schon vorgewarnt?«

Sie sprach von Italos Mutter, Antonio bejahte die Frage.

Sie erklärte ihm, was seine Aufgaben sein würden. Den Rasen mähen, den Pool sauber machen, hier und dort etwas streichen, sich um die Hunde kümmern. »Hast du irgendwelche Fragen?«

Antonio schüttelte den Kopf und ließ seinen Blick wieder schweifen. Verloren in einer in seinen Augen königlichen Pracht. Er dachte, dass es schön wäre, in dieser Welt zu leben, als wäre es die seine. Ein Außerirdischer zu Besuch auf einem fernen Planeten. Er stellte sich vor, wie er durch die Villa rannte. Wie er sich jeden Winkel und jeden Gegenstand zu eigen machte. Aber gleichzeitig erschreckte ihn der Gedanke zutiefst, auch nur einen Quadratzentimeter dieser Pracht zu berühren.

Alles war zu groß, zu schön, zu sauber für ihn.

Diese Luft zu rein, als dass er sie mit seinen Teerlungen hätte atmen können. Diese Möbel zu blitzblank, als dass er sie mit seinen fettigen, staubigen Fingern hätte anfassen können. Diese Menschen zu anständig und gut, als dass er sie mit seinen Augen hätte anschauen können, die Zeugen so vieler Obszönitäten hatten werden müssen.

Antonio sehnte sich nach Veränderung, und dieser Job hätte ein guter Anfang dafür sein können, aber bei der Vorstellung, sein bisheriges Leben hinter sich zu lassen, drehte sich ihm der Magen um. Bei der Vorstellung, seine Teerlungen, seine fettigen, staubigen Finger und seine Augen hinter sich zu lassen, die schon so viele Obszönitäten hatten mitansehen müssen. Im Grunde besaß er gar nichts, vielleicht nicht einmal sich selbst. Aber er würde auf alles andere verzichten, nur um sich an diesem Nichts, das ihm so viel Sicherheit gab, weiter festhalten zu können.

»Du würdest nur vormittags arbeiten«, sagte Frau Veronesi. »Ich komme direkt nach dem Mittagessen heim und …«

»Ich kann nicht«, unterbrach er sie jäh, stammelnd.

Verwirrt verstummte sie.

»… tut mir leid«, murmelte er, die Worte versandeten in seiner Feigheit und blieben ihm im Hals stecken.

»Du kannst nicht?«

Antonio schüttelte den Kopf.

»Stimmt irgendetwas nicht?«

»…«

»Ist es wegen des Gehalts? Dachtest du, es wäre …«

»Nein, es geht nicht ums Geld.«

»…«

»Ich kann einfach nicht.« Er versuchte sich eine Ausrede einfallen zu lassen, aber es gelang ihm nicht, seine Gedanken zu ordnen. »Ich kann einfach nicht.«

Mit großer Feinfühligkeit legte sie ihm eine Hand auf die Schulter. Und Antonio war es, als würde er das erste Mal in seinem Leben gestreichelt werden. »Geht es dir gut?«

Ein wenig später brachte sie ihn zur Tür. Antonio verließ das Haus und ging zu seinem Moped. Ihm schwirrte der Kopf, sein Atem ging schnell. Er setzte den Helm auf, warf einen letzten Blick auf die Villa und fuhr los. Mit einem Kloß im Hals und dem unbändigen Wunsch, umzudrehen und alles zurückzunehmen, was er gesagt hatte.

Wäre er in eine andere Familie geboren worden, wäre das vielleicht sein Leben gewesen.

Jeden Morgen früh aus dem Bett, Obstsalat zum Frühstück, mit dem Motorrad zur Schule. Er hätte gute Noten gehabt, wäre ein braver Junge gewesen und hätte über eine gute Ausdrucksweise verfügt. Nachmittags zum Fußball, abends mit Freunden oder seiner Freundin ausgehen. Im Winter zum Skifahren, im Sommer ans Meer. Donnerstagabends mit seinen Eltern ins Kino, sonntags Mittagessen bei den Großeltern. Er hätte einen Haufen Bücher gelesen, Englisch gelernt, wäre gereist.

Er hätte gehabt, was alle haben. Er hätte mehr gehabt als jeder andere.

Lanfranco Nucci fuhr auf der Bundesstraße nach Norden. Es war mitten in der Nacht, er musste vor Sonnenaufgang in Mailand sein.

Lanfranco war achtundzwanzig, hielt sich für ein Genie, eine Schönheit und einen Frauenheld. BWL-Abschluss in Rom, Master in London. Er hatte eine Sommerakademie in den USA besucht – oder wie er sagte: *in den Staaten* –, ein Jahr in Bukarest gearbeitet und zwei in Madrid. Er hatte wirklich geschuftet, sich dabei aber auch nichts entgehen lassen. Besonders Muschis: Muschis hatte er unzählige gehabt. Muschis aller Nationalitäten, Hautfarben, Rassen und Formen. Insofern war Lanfranco auf dem Papier in der Tat ein Genie, eine Schönheit und ein Frauenheld. In Wirklichkeit war er allerdings ein vollkommen langweiliger und gewöhnlicher Sohn aus reichem Hause. Er war sich dessen selbst auch bewusst, verdrängte dieses Bewusstsein aber beharrlich. Alles, was er war, hatte er seinem Vater zu verdanken. So einfach war das.

In der Universität bekam er deshalb so viele Bestnoten, weil *Papi* wusste, welche Zahnräder man in der Fakultät schmieren musste. Er vögelte deshalb so viele Mädchen, weil *Papi* ihm ein erschreckend hohes Taschengeld zukommen ließ und Lanfranco nur mit einem Geldschein wedeln musste und mit einer Rolex, einem Burberry oder einer Cartier protzen konnte.

Piergiorgio Nucci hatte *MetalPro* in den Achtzigerjahren gegründet. Eine kleine Kaschemme, die auf

Bestellung Prothesen herstellte. Die Firma hatte sich vergrößert und die Hälfte der Konkurrenten übernommen, mittlerweile war sie dreißig Millionen wert und hatte eigene Fabriken in Rumänien und Moldawien.

Und all dieser Reichtum würde eines Tages Lanfranco gehören.

Was ich mit dem ganzen Geld alles anfangen könnte?, fragte er sich, *Koks und Frauen*: *ich werd' ein geiles Leben haben und zieh' mein Ding durch, bis ich krepiere*.

Er führte ein Leben auf der Überholspur. Nichts würde ihn je aufhalten können. Er machte für niemand halt. Unnützen Ballast warf er einfach auf die Straße. Deshalb befand er sich nun auch auf dem Weg nach Mailand. In *Papis* Porsche. Klimaanlage und Musik voll aufgedreht. Mit zweihundert Sachen raste er auf den Ballast zu, den er loswerden musste. Er hatte eine Line gezogen, bevor er losgefahren war, bald würde er noch eine ziehen. Auch hoffte er, dass er noch bei Nutten vorbeikommen würde, er hatte einen Ständer, seitdem das Zeug angefangen hatte zu wirken.

Der Klotz am Bein, der ihn dieses Mal abzubremsen versuchte, hörte auf den Namen Elettra Brancaccio. Eine Friseuse aus Sesto San Giovanni mit der Lebenserwartung einer Katze auf der Autobahn. Lanfranco hatte einen Fehler gemacht: er hatte sie gefickt. Und Gott hatte ihm eine Lektion erteilt: die blöde Ziege war schwanger. Aber diese abgebrannte Tussi konnte auf keinen Fall die Mutter seines Kindes sein. Er war schließlich nicht irgendwer. Er war mehr wert als die anderen. Und er hatte etwas Besseres verdient als die anderen.

Er raste nach Mailand, weil diese Schwachsinnige am folgenden Tag ihren Eltern die frohe Botschaft überbringen wollte, und das konnte er nicht zulassen. Wenn ihre Alten von Lanfrancos Familienvermögen erfahren würden, würden sie sich auf ihn stürzen wie Aasgeier auf einen Kadaver.

Scheiß Zecken.

Er würde sie überzeugen, abzutreiben. Falls nötig, würde er ihr einen Scheck ausstellen. Falls nötig, würde er sich auch selbst darum kümmern: eine Pille in den Tee und bye bye Baby.

Auf der Standspur zog er noch mal eine Line, dann fuhr er weiter. Er drehte die Musik auf. Drückte das Gaspedal durch. Stimmte in Giuliano Sangiorgis Gesang ein. Völlig zugedröhnt sah er einige Sekunden später auf einer Autobahnbrücke ein merkwürdiges Licht.

Als Paolo nach Hause kam, hatte er eine Scheißwut im Bauch. Schon wieder.

Die letzten Tage auf der Baustelle waren unerträglich gewesen. Serra hatte es auf ihn abgesehen und andauernd auf ihm herumgehackt. Paolo hatte versucht, sich von ihm fernzuhalten, und dabei in sich eine Wut genährt, die immer größer geworden war. Er ging in die Küche. Es herrschte ein beißender Gestank von gekochtem Kohl und Schweiß. Antonio saß, nur mit einer Unterhose bekleidet, auf einem Liegestuhl, rauchte und schaute Fernsehen. Er begrüßte Paolo, der ihn jedoch keines Blickes würdigte und in sein Zimmer ging. Er schleuderte seine Schuhe gegen die Wand und legte sich auf die Matratze. Die Arme von sich gestreckt, den Blick zur Decke gerichtet.

Wenn ich heut' Abend zu Hause bleibe, bring' ich noch jemanden um.

Er rief Carlo an und sagte ihm, dass er ausgehen wolle. Er legte auf und kehrte ins Nichts zurück.

»Ist dir Serra wieder auf den Sack gegangen?« Antonio legte sich neben ihn.

Stille. Drückende Stille.

»Bist du sauer wegen der Sache letztens?«, versuchte es Antonio noch einmal.

»...«

»Ich hätte dich da aufwecken sollen. Ich weiß auch nicht, wieso ich es nicht getan hab'. Es tut mir leid, wenn ich daran schuld war, dass dich dieser Arsch zur Sau gemacht hat. Sorry, okay?«

Paolo wartete ein paar Sekunden, bevor er sprach. »Gut, man muss schon Eier haben, um einzusehen, wenn man einen Fehler gemacht hat. Aber Entschuldigungen sind was für Schwuchteln. Und du bist keine Schwuchtel, hoffe ich. Wenn du dich entschuldigst, sagst du damit, dass du unterlegen bist, und du bist niemandem unterlegen. Verstanden?«

»Ja.«

»Wenn du einen Fehler machst und weißt, dass du einen Fehler gemacht hast, dann sag nichts und mach einfach weiter. Zwei Fehler heben sich gegenseitig auf. Verstanden?«

»Ja.«

»Mach schon mal das Essen, ich geh' duschen, ich stinke wie ein Puma.«

Die Wut brodelte zwar immer noch in ihm, aber jetzt ging es ihm besser.

Antonio nahm einen Topf und erhitzte darin Tiefkühlspinat. Er stellte Brot und zwei Dosen Thunfisch auf den Tisch. Während sie aßen und die Gabeln über die Teller schabten, fragte Paolo ihn nach seinem Job. »Am Montag hattest du das Treffen, oder?«

»Ja, aber es wurde nichts daraus.«

Er verlangte nach einer Erklärung.

»Das Gehalt.«

»Zu niedrig?«

»...«

»War es zu niedrig, habe ich dich gefragt?«

Antonio nickte.

»... diese reichen Drecksäcke!«, schnaubte er. »Die würden noch ihre eigene Scheiße zu Geld machen, wenn sie könnten«, sagte er, *gut, besser so*, dachte er.

Zu erfahren, dass Antonio die Stelle nicht angenommen hatte, bereitete ihm ein verschwommenes Gefühl der Freude. Er war erleichtert.

So hatte zu Hause immer noch er die Hosen an.

Sie verbrachten das Abendessen in demonstrativem Schweigen, dann stand Paolo auf. »Carlo und Nicola kommen gleich«, sagte er und deutete auf das schmutzige Geschirr. »Erledigst du das?«

Draußen war es dunkel. Die nackte Glühbirne, die von der Decke hing, flackerte. Antonio beschloss, das Geschirr zu spülen. Auch das, das sich seit Tagen im Waschbecken stapelte, schon ganz verkrustet war und stank. Mit großer Energie und viel Spülmittel schrubbte er alles sauber. Er trug nur eine Unterhose, seine Arme waren voller Schaum, der Schweiß rann ihm über den Körper.

Paolo war von Carlo und Nicola abgeholt worden, er war jetzt allein. Er fläzte sich auf den Liegestuhl, zündete sich eine Zigarette an und schaute Cartoons.

Er schaute gern Cartoons, das versetzte ihn in einfachere Zeiten zurück. Und an diesem Abend, mit Coyote und Road Runner im Fernsehen und dem Geruch des Spülmittels in der Nase, war es wirklich wie eine Rückkehr. Zu seinen Eltern.

Denk nicht an sie. Das waren unnötige Schmerzen.

Das sagte er sich immer vor, wenn sie ihm fehlten. Irgendwie gab es ihm Kraft. Dass Giovanna vor einigen Wochen wieder aufgetaucht war, hatte ihn jedoch aus der Bahn geworfen. Es hatte ihn zum Nachdenken gebracht. Ihn manche Sachen in einem anderen Licht sehen lassen. Schnell, eigentlich sofort, hatte er aber auch begriffen, dass sich nichts verändert hatte.

Seine Eltern waren fortgegangen. Die eine wer weiß wohin, um sich ein neues Leben aufzubauen, der andere mit zertrümmertem Schädel zu seinem Schöpfer. Und das war richtig so. Dessen war sich Antonio sicher.

Unnötige Schmerzen. Unnötige Schmerzen. Unnötige Schmerzen.

Er sagte es sich immer wieder, aber es gelang ihm nicht, sie loszulassen. Von Schmerzen kann man sich nie ganz befreien. Jedes Leiden ist wie ein Parasit, der Spuren hinterlässt, giftige Ablagerungen, die sich immer weiter und weiter und weiter anhäufen, bis sie alles verstopfen, Haargefäße, Venen, Arterien. Sie breiten sich überall aus. Lassen keinen Platz mehr für irgendetwas anderes.

Seine Aufmerksamkeit war ganz auf den Cartoon gerichtet, als er es hörte. Mit gespitzten Ohren setzte er sich auf, da hörte er es wieder. Ein Knarren, Holzbretter, die sich unter einem allzu großen Gewicht bogen, es kam von hinter dem Fernseher. Aus der Wand.

Heilige Scheiße.

Er hatte eine Höllenangst. Er wusste auch nicht wieso, aber er war zu Tode erschrocken.

Er stand auf, ging zur Wand und presste ein Ohr dagegen. Auf einmal ging der Fernseher aus. In der Wohnung machte sich Weltuntergangsstimmung breit. Das Dunkel wog schwer auf ihm, es war dicht und hart und rückte unaufhaltsam weiter vor, als wollte es die ganze Wohnung verschlucken. Antonio drückte sein Gesicht weiterhin gegen die Wand, er wartete auf irgendetwas, von dem er selbst nicht wusste, was es war. Er schlug gegen die Wand. Der Fernseher schaltete sich wieder ein. Elektrostatisches Rauschen und verschwommene Geräusche, dann eine Stimme: »Hallo Toniuccio.«

Sie kam aus dem Fernseher.

Er erstarrte. Es gab nur einen Menschen, der ihn so nannte.

»Toniuccio, sei nicht kindisch. Wir müssen reden.«

Antonio musste all seinen Mut zusammennehmen. Sich umzudrehen kostete ihn enorme Überwindung.

Der Fernseher war an, vom Bildschirm starrte sein Vater auf ihn herab. Auf Stefanos Kahlkopf sprossen hier und da kurze Stoppeln, er hatte violette, geschwollene Tränensäcke, Rinnsale von Schleim liefen ihm aus den Mundwinkeln. Er war genauso wie damals, als er ihn zum letzten Mal gesehen hatte, in der Nacht, als er gestorben war.

»Hallo Toniuccio. Setz dich!«, befahl er ihm und deutete auf den Liegestuhl.

Antonio gehorchte.

Stefano war tot, das wusste er, und was hier gerade geschah, war unmöglich, auch das wusste er, dennoch schien es ihm das Natürlichste auf der Welt zu sein, sich jetzt in diesem Moment mit seinem Vater zu unterhalten.

»Ich bin hier, um Wiedergutmachung zu fordern, Toniuccio.« In seiner Stimme lag etwas Euphorisches, das nicht recht zu seinem grimmigen Gesichtsausdruck passen wollte.

Antonios Augen brannten. Er hatte gewusst, dass irgendwann der Moment kommen würde, da er würde bezahlen müssen, aber er hätte nie gedacht, dass es das Gesicht seines Vaters sein würde, das den Preis für seine Sünden von ihm forderte.

»Du warst ein böser Junge. Und dafür musst du bestraft werden.«

»Nein ...« Er brachte kaum ein Wort heraus. »Ich hab' nichts getan.«

»Toniuccio, ich und du wir wissen beide, was du getan hast. Du darfst Papa nicht anlügen.«

»Ich hab' nichts getan!« Er war kurz davor, in Tränen auszubrechen. »Als ich klein war, hast du immer gesagt, dass ich an allem schuld wäre. Und das willst du mir auch jetzt noch einreden. Aber ich bin kein böser Junge. Das, was …«

»Toniuccio«, unterbrach ihn Stefano, »du darfst Papa nicht anlügen.«

»Ich hab' nichts Schlimmes getan …«

»Du darfst Papa nicht anlügen. Du darfst Papa nicht anlügen. Du darfst Papa nicht anlügen.«

»Ich bin jetzt groß. Ich hab' keine Angst mehr vor dir. Verstanden?«

»…dudarfstPapanichtanlügendudarfstPapanicht-anlügendudarfstPapanichtanlügen…«

»Es reicht! Hör auf!«

»…dudarfstPapanichtanlügendudarfstPapanicht-anlügendudarfstPapanichtanlügen…«

»Ich hab' gesagt, hör auf. Schluss! Schluss!«

»…dudarfstPapanichtanlügendudarfstPapanicht-anlügendudarfstPapanichtanlügen…«

»SCHLUSS!«, brüllte er.

Stefano hielt inne. Den Kopf zur Seite geneigt, die Augen zusammengekniffen. Einen endlosen Augenblick lang rührte er sich nicht, dann wurden seine Gesichtszüge von einem Lächeln verzerrt. Das Grinsen wurde immer breiter. Stefano ließ seine Zähne sehen. Dann seine Zunge. Dann seinen Gaumen. Er wurde immer größer und größer und größer. Sein Kiefer schien sich von seinem Schädel zu lösen. Die Haut schien ihm abgezogen zu werden. Seine Wangen schmolzen wie Wachs, seine Ohren zogen sich bis zum Hals hinab. Antonio wollte schreien, aber er brachte keinen Ton heraus, dann verschwand Stefano mit einem Knall, als wäre er nie da gewesen.

Das Bild im Fernseher änderte sich. Jetzt war er, Antonio, auf dem Bildschirm zu sehen. Er war zu Hause, im Schlafanzug. Er tappte schlaftrunken herum.

Er sah sich dabei zu, wie er über den Flur ging, die Küche wurde vom Licht des Fernsehers erhellt.

Er sah sich dabei zu, wie er über die Schwelle ins Zimmer trat, nichts bewegte sich.

Er sah sich dabei zu, wie er seinen Vater anstarrte, der ausgestreckt am Boden lag, sturzbetrunken.

Er sah sich dabei zu, wie er sich ihm auf Zehenspitzen näherte, sein Herz raste.

Er sah sich dabei zu, wie ...

SCHLUSS.

Er hatte das Gefühl zu fallen. Als hätte plötzlich der Boden nachgegeben. Dann wachte er auf. Im Fernsehen lief Werbung. Die erloschene Zigarette steckte ihm noch zwischen den Fingern. Er war schweißgebadet, sein Atem ging schnell. Er atmete tief ein und aus. Blickte nach oben an die Decke. Versuchte sich zu beruhigen. Er sagte sich, dass es nur ein Traum gewesen sei, dennoch begann er zu weinen. Zu schluchzen und sich mit den Fäusten auf die Oberschenkel zu schlagen.

Er griff nach seinem Handy und rief Italo an.

Als sie bei der Autobahnbrücke ankamen, waren sie bereits betrunken.

Sie hatten zuvor auf den brachliegenden Feldern eine Flasche Limoncello geleert und ein paar Joints geraucht. Paolo hatte Carlo und Nicola von dem Streit mit Serra erzählt, danach hatte er sich besser gefühlt.

Aber er wollte auch den letzten Rest an Wut loswerden, der ihm noch in den Eingeweiden brannte, und so war ihm eine Idee gekommen. Sie hatten etwa faustgroße Steine gesammelt, die sie in Carlos Mito luden, und waren losgefahren. Sie waren zu einer engen dunklen Schotterstraße gekommen. Dort hatten sie die Steine in einen Müllsack gepackt, den sie am Straßenrand gefunden hatten. Dann waren sie losgezogen. Sie hatten sich durch das Brombeergebüsch geschlagen, das die Straße zu umarmen schien, und waren zur Autobahnbrücke gekommen. Mit weichen Knien, kribbelnden Händen und vernebeltem Kopf, in dem sich alles drehte. Paolo starrte auf die Autobahn, die sich am Horizont verlor. Die Lichter der Straßenlaternen stützten sie seitlich ab und markierten ihren Verlauf. Diese spöttischen Sterne wiesen ihm einen Weg, den er nie gehen würde. Sie verkörperten ein Gefühl von Freiheit, das ihm, als Einzigem von allen, zu empfinden nicht vergönnt war. Es war ungerecht. Es war falsch. Es tat weh. Je mehr er daran dachte, desto stärker überkam ihn das Bedürfnis, zu weinen.

Das liegt am Alkohol, sagte er sich, *der ist mir zu Kopf gestiegen.*

Seine Freunde lachten, als wäre alles wahnsinnig unterhaltsam.

Paolo schaute sie an und dachte, dass er anders war als sie. Diese beiden trugen Masken. Vermutlich langweilten sie sich und verloren sich deshalb in dieser dummen Niedertracht. Bei ihm war das anders. Er war so geboren worden, verpfuscht: er hatte keine Wahl gehabt. Und da er dennoch ein Teil dieser Welt sein wollte, hatte er sich damit abgefunden, die Rolle des Ungeheuers zu spielen.

»Auf geht's, machen wir's!«

Carlo bückte sich und nahm einen Stein aus dem Sack. Er ließ ihn von einer Hand in die andere wandern, dann reichte er ihn an Paolo weiter. Der prüfte das Gewicht, und das Gefühl von Melancholie verpuffte. Eine animalische Erregung war an seine Stelle getreten.

Ich bin sternhagelvoll.

Ein Schauer lief ihm über den Rücken. Sein Schwanz wurde hart. Den Stein in seinen Händen haltend warf er einen Blick von der Autobahnbrücke. Carlo und Nicola schauten ihm schweigend zu. Einer von den beiden drehte sogar ein Handy-Video mit greller Beleuchtung.

Was für Schwachköpfe.

Ein Auto näherte sich. Ein Schrotthaufen mit kaputten Scheinwerfern, der nur langsam vorwärtskam.

Paolo verschonte es.

Ein zweites Auto näherte sich. Ein Doblò. Schnell, auf der Überholspur.

Paolo verschonte es.

Ein drittes Auto näherte sich. Ein Sportwagen mit eingeschaltetem Fernlicht und heulendem Motor.

Dieses.

Er lehnte sich über die Brüstung. Die Arme über das Geländer gestreckt, den Stein in beiden Händen. Er spreizte die Beine, wippte ein wenig auf und ab, beobachtete sein Opfer. Es würde nicht einfach sein, das Ziel zu treffen, wenn es ihm aber gelang, die

Geschwindigkeit richtig einzuschätzen, könnte er ihm die Windschutzscheibe einschlagen.

Er wartete. Er wartete. Er wartete.

Sein Griff um den Stein wurde fester. Er kniff die Augen zusammen. Leckte sich die Lippen. Er zielte, lästerte Gott und ... zögerte.

Er handelte instinktiv, und dieser Moment sollte für ihn wegweisend sein.

Der Stein fiel. Ein Aufprall, berstendes Glas, Quietschen, ein Knall. Dann nichts. Ohrenbetäubende Stille. Paolo blickte von der anderen Seite der Autobahnbrücke hinab und sah es. Das Auto war gegen die Leitplanke gedonnert. Das Blech vorne zusammengefaltet wie eine Ziehharmonika. Die Heckscheibe in Trümmern. Ein Reifen hatte sich gelöst und lag in geringer Entfernung neben dem Auto.

Paolo war wie benommen von dieser Zerstörung.

Sein Schwanz steinhart.

Ich bin Gott. Heute Nacht bin ich Gott.

»Scheiße!«, brüllte Carlo hysterisch. »Scheiße. Scheiße!« Die Augen weit aufgerissen.

Nicola hingegen starrte auf das Auto, sagte kein Wort und bewegte sich nicht.

Beide grinsten.

Es verstrichen lange Augenblicke absoluter Stille. Die Luft flirrte vor Gewalt.

»Lasst uns gehen«, sagte Paolo.

Er zwang sich dazu, ruhig zu wirken, aber irgendetwas stimmte nicht, irgendetwas war fehl am Platz. Irgendetwas jenseits der Euphorie, die ihn berauschte. Jenseits der Erregung, die ihn aufputschte. Jenseits des

Gefühls der Allmacht, das ihn durchdrang. Er spürte ein Unbehagen, er fühlte sich wie eine Bombe kurz vor der Explosion.

»Habt ihr gehört?«, rief er. »Los, Bewegung!«

Es lag eine gewisse Spannung in der Luft. Carlo und Nicola schienen kurz davor, zu protestieren. Vielleicht wollten sie das Spektakel noch ein wenig länger genießen. Doch dann gehorchten sie. Sie nahmen den Sack mit den Steinen und rannten zum Auto. Nun fuhren sie durch die Straßen von Camporotondo. Es herrschte eine lärmende Stille. Die Betonblocks, Mehrfamilienhäuser und kleinen Villen wirkten fremd und abweisend.

»Heute Nacht ist nichts passiert. Ist das klar?«, zischte Paolo. »Es ist nichts passiert.«

Als er aufwachte, stand die Sonne schon hoch am Himmel. Paolo war auf der Baustelle.

Antonio blieb noch eine Stunde lang liegen und starrte an die Decke. Verschwitzt, mit verklebtem Mund und voller Blase. Er streckte einen Arm aus und griff nach einer Zigarette. Er rauchte sie im Liegen bis zum teerverklebten Filter, die Asche fiel auf die Matratze. Er stand auf, wusch sich das Gesicht und trank, nur in Unterhose, vor dem Küchenfenster einen Kaffee. Er hatte keinerlei Pläne für den Tag und das deprimierte ihn. Diese Langeweile legte einen gräulichen Schleier über die Welt. Und obwohl die Sonne vom Himmel herabbrannte, kam es ihm so vor, als würde es gleich in Strömen zu regnen beginnen. Er fühlte sich seltsam an diesem Vormittag. Ihm war, als stimmte irgendetwas mit ihm nicht. Aber sobald er zu begreifen versuchte, was das genau war, verflüchtigte sich der Kern dieser Sache, die ihn bedrückte. Ganz schnell und heimtückisch. Irgendetwas fehlte ihm, dessen war er sich sicher. Ihm fehlte all das, was er nie gehabt hatte, als hätte es ihm früher irgendwann einmal gehört. Als wäre es früher auf intime, innige Art und Weise sein Eigen gewesen.

Auf seinem Handy sah er Nachrichten von Italo. Der sich dafür entschuldigte, in der Nacht zuvor nicht geantwortet zu haben. Er hatte den Abend mit einem Mädchen verbracht. Er bat Antonio, ihn zurückzurufen, was dieser jedoch nicht tat. Eigentlich hatte er keinen Grund dazu, aber er war beleidigt.

Er öffnete den Kühlschrank. Kirschtomaten, ein Stück Fleisch, Fertigsoßen, überreife Äpfel, ein offener Joghurtbecher.

Er nahm die Tomaten und beschloss, dass dies sein Mittagessen sein würde. Er wusch sie, schnitt sie eine nach der anderen in zwei Hälften, gab sie in einen tiefen Teller und machte sie mit Öl und Salz an. Als er fertig war, fiel ihm auf, dass er eine auf dem Tisch vergessen hatte. Er nahm sie zwischen zwei Finger, drückte sie ein bisschen und betrachtete sie im Licht. Glatt, weich. Sie formte eine perfekte Kugel, ohne auch nur einen einzigen Flecken, der ihr glänzendes Rot ruiniert hätte. Er fragte sich, woher sie wohl käme. Er hatte gehört, dass Kirschtomaten sogar aus China importiert wurden. Und er fragte sich, ob sie eine von diesen sei. Irgendjemand, dachte er beim Betrachten, hatte dafür gesorgt, dass sie gut gedieh. Dass sie eine möglichst gute Form, Farbe, Größe und Geschmacksnote bekam. Und irgendjemand hatte dafür gesorgt, dass sie wohlbehalten an ihrem Bestimmungsort ankam. Irgendjemand hatte sich von Anfang bis Ende um sie gekümmert.

Antonio starrte sie weiter an, dann zerdrückte er sie mit den Fingern, bis sie nur noch ein unbrauchbarer rötlicher Matsch war, und ließ sie zu Boden fallen. Er ging in sein Zimmer zurück, legte sich aufs Bett und holte den Roman hervor, den er unter der Matratze versteckt hielt.

Den Teller mit den Tomatenhälften stellte er auf den Nachttisch und aß sie eine nach der anderen.

Auf dem Heimweg von der Baustelle kaufte Paolo die nächstbeste Tageszeitung und blätterte sie durch. Schnell, hektisch, begierig. Und da war es.

Die Zeitung widmete dem, was an der Autobahnbrücke vorgefallen war, gerade einmal ein paar Zeilen. Paolo war enttäuscht. Niemand sprach ernsthaft darüber. Niemand fragte sich, wer der Urheber dieses ganzen Unheils sei. Im Ort hatte sich zwar das Gerücht verbreitet, dass ein Vandale irgendetwas Schlimmes an der Autobahn angestellt hatte, aber das waren nur Klatschgeschichten am Marktplatz.

Dadurch wurde sein Werk herabgewürdigt. Dadurch wurde *er* herabgewürdigt.

Er warf die Zeitung weg, trat gegen die Tür des Punto, stieg ein und machte sich auf den Weg nach Hause. Der Penner mit dem Porsche hieß Lanfranco Nucci und war stinkreich. Paolo hatte ihn mit blauen

Flecken, gebrochenen Knochen und ein paar weiteren Kleinigkeiten ins Krankenhaus geschickt. Auf alle Fälle war er nicht gestorben. Aber es war natürlich kein Zufall, dass er noch am Leben war. Er war nicht durch ein scheiß Wunder gerettet worden, dieser reiche Arschficker. Wenn er noch mal davongekommen war, dann nur deshalb, weil Paolo das so entschieden hatte. Weil er ihm Gnade gewährt hatte. Und auch wenn außer Frage stand, dass er das getan hatte, so fragte er sich doch selbst, weshalb er es getan hatte.

Wieso habe ich den Stein nicht sofort losgelassen?

Je öfter er sich diese Frage stellte, desto mehr entglitt ihm die Antwort, desto wütender machte es ihn, wie alle ihn ignorierten. Er hatte über das Leben eines anderen Menschen entschieden. Er war eine Nacht lang Gott gewesen. Aber diese Idioten sorgten weiterhin hartnäckig dafür, dass er sich wie ein absoluter Niemand vorkam. Mit ihrer Gleichgültigkeit. Mit ihrem dämlichen Verhalten.

Er fuhr langsam. Er rauchte eine Zigarette nach der anderen. Er hielt das Lenkrad fest umklammert. Er wollte gerade umdrehen und in den Ort zurückfahren, um dort Ärger zu suchen, als er am Straßenrand einen Hund erblickte. Es war kein Streuner: am Hals trug er eine Marke. Im Maul hatte er den Kadaver einer Katze, von dem man noch Kopf und Beine erkennen konnte. Ihr Fell starrte vor Blut, ihre Ohren waren übersät mit Zecken.

Paolo fuhr dem Hund nach. Langsam, ohne ihn aus den Augen zu lassen.

Du kleines Drecksvieh. Du bist wirklich ein kleines Drecksvieh.

Dieser Köter, dessen Herrchen ihn liebevoll aufgezogen und verhätschelt hatte, hatte eine streunende Katze umgebracht. Eine junge Straßenkatze. Das war nicht fair. Und es war dieser schamlose Stumpfsinn, die dumme Blindheit, die den Hund in eine Position der unverdienten Überlegenheit gebracht hatte, die Paolo in Rage versetzte.

Er überholte den Hund und fuhr an die Seite. Kaum war er ausgestiegen, blieb das Tier vor ihm stehen. Sie taxierten sich gegenseitig wenige Meter voneinander entfernt. Die Straße war verlassen, zu beiden Seiten erstreckten sich Felder unter der sterbenden Sonne. Das bleierne Schweigen wurde nur vom Zirpen der Zikaden zerrissen. Er musste ihn ins Auto locken. Er wühlte in den Tüten im Kofferraum des Punto. Er holte eine Stange Brot und eine große Flasche Wodka hervor. Erstere für den Hund, Letztere für sich selbst. Er hatte vorher noch beim Laden des Pakistani gehalten und sich ein paar Stangen Brot und ein paar Scheiben Mortadella gegönnt. Aber um den Hund zu fangen, verzichtete er nun gern darauf. Mit ausgestrecktem Arm machte er einen Schritt nach vorne. Das Brot zwischen den Fingern. Und das Scheißvieh kam näher. Vorsichtig beschnupperte er Paolos Hand und ließ die tote Katze auf den Asphalt fallen. Er nahm das Brot in seine zitternde Schnauze und knabberte daran. Paolo blickte ihn verwundert an: es war leichter gewesen als gedacht. Er sah sich den Kadaver der Katze an. Ihr Genick war zerfetzt, ihre Augen starrten aufgerissen ins Leere. Am liebsten hätte er laut losgeschrien. Er holte das restliche Brot aus dem Kofferraum. Der Hund hatte aufgegessen und näherte sich ihm wieder. Paolo riss ein zweites Brot in Stücke, ließ ihn daran schnuppern und lockte ihn damit zum Auto. Er öffnete die hintere Tür und warf das Brot hinein. Der Hund sprang ins Auto, Paolo schloss die Tür und setzte sich ans Steuer.

Wie dämlich musste man sein, um sich auf diese Art fangen zu lassen. Diese Kreatur war wirklich dumm. Seine Stärke lag einzig und allein in dem glücklichen Zufall, privilegiert geboren worden zu sein. An sonst gar nichts. Aber Paolo würde ihm jetzt eine Lektion erteilen. Ihm und der ganzen Natur. Er hoffte, dass Gott ihm heute Abend zusehen würde.

Er startete den Motor, fuhr los und bog in eine kleine abgelegene Schotterpiste ein, die aufs freie Feld führte. Die Sonne ging unter, die Schatten wurden länger. Geräuschlos starb der Tag.

Auf dem Asphalt war, rücklings verrenkt und schmerzverzerrt, der Brei aus Blut und Fell zurückgeblieben, ein abscheuliches Opfer des Übels der Welt. Die Augen zum Himmel gerichtet, der Mund zu einem stummen Schrei geöffnet, das Hinterteil kotverschmiert. Ein Auto führ darüber. Die Reifen zerquetschten Knochen und innere Organe. Dann kam ein weiteres. Noch eines. Und noch eines.

Niemand bemerkte irgendetwas.

Antonio drehte sich einen Joint und zündete ihn an. Dann nahm er sein Handy und wählte Italos Nummer.

Er hatte den ganzen Tag lang gelesen. Die Zeit hatte einfach nicht vergehen wollen, aber als es dann Abend war, schien ihm der Tag wie im Flug vergangen zu sein. Er fühlte sich jetzt besser und hatte Lust, etwas zu unternehmen. Spaß zu haben. Leute zu treffen.

»Ich will ausgehen«, sagte er zu Italo, das Handy zwischen Ohr und Schulter geklemmt.

»Wie ist denn eigentlich die Sache mit deinem Job ausgegangen?«

»Ach, das war nichts«, antwortete Antonio unbestimmt. »Also, treffen wir uns nachher? Ich hab' Lust auszugehen, komm schon.«

»Was heißt: *das war nichts*?«

»Das war einfach nichts für mich. Ich hab' abgelehnt.«

»Hat dir die Arbeit nicht gefallen?«

Antonio war peinlich berührt und ließ sich schnell eine Lüge einfallen.

»Mein Bruder hat vielleicht einen Job für mich auf der Baustelle gefunden.«

»Auf der Baustelle? Da, wo er arbeitet?«

»Was denn sonst für eine?«

»Aber entschuldige mal, meinst du wirklich, dass das mehr etwas für dich ist?«

Er wusste nicht, was er darauf erwidern sollte.

»Was für eine Art von Arbeit ist das denn? Als Bauarbeiter?«

»Nein, nein, so Verwaltungskram.«

Das schien Italo als Antwort zu genügen, Antonio entspannte sich.

»Also, treffen wir uns? Ich hab' Lust auszugehen.«

»Ich treff' mich heut Abend mit den anderen. Mit Mirko und Alberto. Magst du mitkommen?«

Antonio hasste die beiden.

Schnösel, denen das Geld zu den Ohren rauskam und die ihn immer von oben herab behandelten. Er hätte sich lieber mit Italo allein getroffen, nahm die Einladung aber an. Er baute sich noch einen Joint und aß Pasta mit Schmelzkäse. Danach duschte er und zog sich an. Als er fertig war, verspürte er den Wunsch, sich ein zweites Mal unter die Dusche zu stellen, er fühlte sich schmutzig. Dann wäre er allerdings zu spät gekommen, und so ließ er es sein. Paolo war noch nicht nach Hause gekommen. Antonio hatte ihn angerufen, aber er hatte nicht abgenommen. Also ging er jetzt einfach.

Er war zu früh beim *Miami*. Er war immer zu früh. Das nervte ihn schon selbst, aber er konnte es irgendwie nicht ändern. Ein paar Minuten später kam Italo mit Mirko und Alberto dazu. Alle drei schön, muskulös und gut angezogen. Die Haare perfekt gestylt, das Hemd, ohne auch nur eine einzige Falte, in die Hose gesteckt.

Sie gingen hinein, setzten sich an einen Tisch in der Mitte des Raums und bestellten aufwendige Drinks. Alle außer Antonio, der sich für ein Bier entschied.

»Der Arsch der Kellnerin ist nicht übel«, begann Alberto.

»Kennt ihr Martina Mazzantini? Die mit den Titten aus der Dreizehn F.« Mirkos Oberkörper war den anderen zugewandt, Antonio sah ihn nur im Profil.

»Wir waren miteinander im Bett«, sagte er mit einem schmierigen Grinsen.

Die anderen beiden bestürmten ihn lachend mit Kommentaren und Fragen. Was sie gemacht habe, was er gemacht habe, wie sie es gemacht habe, wie er es gemacht habe.

Dann kamen die Getränke.

»Ein Toast!«, rief Italo. »Auf Antonio und seinen neuen Job!«

Gütiger Gott.

Sie stießen an. Das Klirren der Gläser schrillte in Antonios Ohren wie Alarmglocken.

»Was für einen Job hast du denn?« Alberto beobachtete ihn mit schräg gelegtem Kopf.

»Ich arbeite für eine Baufirma«, log er. Was hatte es diesen Kotzbrocken auch zu interessieren, was er machte? »Ich erledige die ganzen Verwaltungssachen, ihr wisst schon ... Akten und ... so was eben.«

»Wie eine Sekretärin?«, fragte Mirko. »Im Büro von meinem Vater gibt es auch eine, die sich um solche Sachen kümmert. Aber sie ist eine Frau und schafft es nicht einmal, Anrufe korrekt entgegenzunehmen. So eine dumme Nuss«, lachte er.

Es verstrich ein wenig Zeit. Antonio hätte nicht sagen können, wie viel genau. Das Gespräch plätscherte vor sich hin und er driftete ab, auf der Suche nach einem geborgenen Ort in seinem Kopf.

»Wollt ihr noch einen?«, fragte Alberto, drehte sich um und rief die Kellnerin, dann kippte er seinen halb vollen Drink in einem Zug hinunter. »Ich hab' jetzt Lust auf Caipirinha.«

Mirko bestellte einen Mojito.

»Für mich nichts. Zu viel Alkohol macht dick«, erklärte Italo. »Willst du noch was?«, fragte er Antonio.

Der konnte sich aber nichts mehr leisten.

Er fühlte sich wie ein Kind am Erwachsenentisch.

Die Sonne war untergegangen, am Himmel zeichnete sich die Sichel des Mondes ab.

Die von einer Reihe kahler Hügel umsäumten Felder waren öd und leer. Nirgends Bäume, Sträucher, Häuser oder Scheunen in Sicht. Dieses Stück Land war von Gott und den Menschen vergessen worden. Niemand wollte am Ende der Welt wohnen. Alle flohen sie dorthin, wo das Leben wirklich brodelte. Orte wie Camporotondo waren wie Straflager für all jene, die von der Natur verbannt worden waren. Früher oder später würde der Ort genauso leer sein wie diese Felder.

Als Kind hatte Paolo manchmal geplant wegzulaufen. So weit er kommen würde, mit dem Rucksack auf den Schultern. Bald hatte er jedoch eingesehen, dass er nirgendwo wirklich ankommen würde. Und so hatte er sich mit der Vorstellung abgefunden, in Camporotondo zu sterben.

Er war betrunken. Er lag auf der Motorhaube und hatte die Flasche Wodka halb ausgetrunken. Der Hund war im Auto. Am Anfang hatte er noch an den Scheiben gekratzt und verzweifelt gejault, dann hatte er aber aufgegeben. Vielleicht hatte auch er sich mit der Unausweichlichkeit eines kläglichen Endes abgefunden. Jetzt saß er zusammengekauert auf dem Rücksitz.

Als die beiden Brüder klein waren, hatte die Familie Acquicella eine Katze gehabt. Diana, wie die Prinzessin. Paolo hatte sie sehr gern gehabt. Nachts hatte sie sich immer auf dem Bett zusammengerollt, das er mit Antonio teilte, und laut geschnurrt. Sie hatte die Wohnung auch verlassen dürfen, und eines Tages begann sie, merklich dicker zu werden. Als sie die Jungen zur Welt gebracht hatte, war Stefano durchgedreht. Sie könnten keine weiteren Tiere mehr im Haus haben. Schon eines fände er eigentlich unerträglich, hatte er gesagt. Und seine Lösung – da hatte es nichts zu diskutieren gegeben – war drastisch gewesen und umgehend ausgeführt worden. Er hatte sie ertränkt. Alle fünf. Er hatte Diana beim Genick gepackt und sie im Bad eingesperrt. Durch ein Loch in der Badezimmertür hatte sie ihre Jungen mit aufgerissenen Augen beobachtet. Die schwachen und unbeholfenen Kleinen waren unruhig geworden und hatten zu miauen begonnen. Stefano hatte sie aus ihrem Korb genommen. Seine Söhne hatten sich unter Tränen von ihnen verabschieden dürfen. Dann hatte er sie in einen Eimer geworfen. Der dumpfe Aufprall der kleinen Körper auf dem Metall war ohrenbetäubend gewesen. Er war in die Felder gefahren und gefühlte zehn Minuten später mit leeren Händen zurückgekommen. Diana hatte die ganze Nacht lang geheult. Am Tag darauf war sie verschwunden.

An sie und ihre Jungen musste Paolo jetzt denken. Er war wütend. Die kleinen Katzen hatten doch nichts getan, ihre einzige Schuld hatte darin bestanden, im falschen Haus geboren worden zu sein. Wie Paolo. Wie die tote Straßenkatze. Im Gegensatz zu dem Hund in seinem Auto. Bei diesem Dreckskoter war es anders, er vereinte die Sünden der ganzen Welt in sich.

Er trank noch einen Schluck Wodka und drückte seine Zigarette aus. Dann stieg er von der Motorhaube, nur mit Mühe konnte er sich auf den Beinen halten. Er unterdrückte einen Brechreiz und wurde ruhiger. Als er nach unten schaute, begegnete er dem Blick des Hundes. Dieser starrte ihn verängstigt und mit angelegten Ohren an. Er holte ein Stück Gartenschlauch und eine leere Flasche aus dem Kofferraum. Er drehte den Tankdeckel des Punto auf. Ein Ende des Schlauches steckte er dorthinein, das andere Ende nahm er in den Mund. Dann sog er daran, so fest er konnte. Mit dem hochsprudelnden Benzin füllte er die Flasche zu etwa einem Drittel. Dann schraubte er den Tankdeckel wieder fest, nahm ein Feuerzeug aus seiner Tasche und richtete den Blick nach oben zu den Sternen.

Antonio wollte nach Hause.

Mirko und Alberto redeten die ganze Zeit nur miteinander. Sie genossen die gegenseitige Aufmerksamkeit, die sie sich ganz bewusst zuteilwerden ließen. Und Italo spielte dabei auch noch mit. Ihre Gespräche waren wirklich hohl. Geld und Muschis. Und trotzdem erreichten sie damit ihr Ziel: ihre eigene Überlegenheit zu betonen, mit gekünstelter Beiläufigkeit Sachen und Erfahrungen zur Schau zu stellen, die Antonio nicht hatte. Sie wollten, dass er sich wie ein Stück Scheiße vorkam. Ihn auslöschen. Und das gelang ihnen. Antonio fühlte sich wertlos. Ihre Gemeinheit zermalmte ihn, er hasste sich selbst. Manchmal, wenn er sich umblickte und diese Menschen neben ihm beobachtete, kam es ihm so vor, als wäre er selbst kein Teil dieser Welt.

Er legte einen Fünfer auf den Tisch, stand auf und sagte, dass er gehen müsse. Sein Bruder bräuchte das Moped, log er. Schnell verließ er die Bar. Mit weichen Knien und kribbelnden Händen. Er war verwirrt. Fühlte sich fremd. Einsam und unverstanden. Am liebsten hätte er irgendjemanden umarmt und geweint. Sich fallen lassen.

»Anto!« Italo lief ihm auf dem Parkplatz hinterher.

Er blieb stehen und wartete auf ihn.

»Was ist denn los?«

Antonio zuckte mit den Schultern.

»Hattest du keinen Spaß?«

Er schüttelte den Kopf. »Ich fühl' mich da einfach nicht wohl ... die bringen mich in Verlegenheit.«

»Wie meinst du das?«

»Was weiß ich ... die bringen mich einfach in Verlegenheit. Und das machen sie mit Absicht.«

»Was machen sie mit Absicht?«

»Angeben. Was sie alles haben. Wen sie gefickt haben. Was sie ...«, verwirrt unterbrach er sich. »Die machen das immer. Um mir reinzudrücken, was sie alles haben und ich nicht, und ...«

»Das machen sie doch nicht mit Absicht, sie haben halt gern eine Bühne.«

»Nein, das stimmt nicht. Sie denken, dass ich weniger wert bin als sie. Und das denkt ihr doch alle.«

Italo blickte ihn fassungslos an, als hätte er gerade eine Ohrfeige bekommen.

»Ihr denkt, dass ich euch unterlegen bin, weil ich nicht habe, was ihr habt. Das denkt ihr doch alle. Weil ihr …«

»Was laberst du für einen Scheiß?«, unterbrach er ihn und wurde dabei etwas lauter. »Niemand denkt das. Weder sie noch ich! Ich und du wir sind Freunde. Beste Freunde. Und so etwas denken beste Freunde nicht voneinander.«

Antonio hatte Mühe, seine Tränen zurückzuhalten. Je deutlicher es wurde, dass Italo ihn nicht verstehen konnte, desto schwieriger wurde es. Für ihn war das, was passiert war, so offensichtlich, dass es unmöglich war, es nicht zu begreifen.

»Du kapierst es einfach nicht …«, sagte Antonio. »Warum verstehst du das nicht? Warum kannst du es nicht sehen?«

Italo musterte ihn empört. »Die eigentliche Frage ist, warum nur du das so siehst.« Dann ging er.

In der einen Hand hielt er die Flasche mit Benzin, in der anderen das Feuerzeug.

Paolo wusste, dass er es tun musste. Dass er es tun wollte. Aber er wusste nicht wieso.

Um die Welt wieder in Ordnung zu bringen, redete er sich ein.

Er blieb lange regungslos stehen.

Dann tat er es.

Er öffnete die Seitentür. Packte den Hund am Hals. Warf ihn zu Boden. Versetzte ihm einen Tritt. In den

Brustkorb, mit dem Absatz seines Sicherheitsschuhs. Das Tier jaulte und suchte Schutz. Er trat noch einmal nach ihm und brach ihm dabei ein Bein. Noch einmal. Er traf die Schnauze. Und noch einmal. Er zertrümmerte seinen Kiefer. Der Hund zuckte. Er krümmte sich wie ein Wurm und begann panisch zu kläffen. Schrilles Gebell erfüllt von einem harten Leiden. Paolo klammerte sich an die Autotür, holte aus und versetzte ihm noch einen Tritt, mit dem er ihm die Milz zerquetschte.

Alkohol vermischte sich mit Adrenalin.

Er wandte sich wieder dem Hund zu, der sich heulend im Gestrüpp herumwälzte, und goss die Flasche Benzin über ihn. Der versuchte zu entkommen, stürzte aber hysterisch jaulend auf die trockene Erde. Sein verzweifeltes Kläffen, reiner Schmerz, blinde Todesangst, drang durch die Nacht. Paolo stand über ihm und beobachtete ihn schweigend. Lange Augenblicke verstrichen. Dann bückte er sich ganz langsam hinab und entzündete das Feuerzeug. Das Tier brannte wie eine Fackel, wurde von den heißhungrigen Flammen verschlungen. Es gab keinen Laut von sich. Alles Klagen verstummte. Es trat nur noch schwach um sich. Sonst keine weitere Regung. Der Rauch, der von seinem brennenden Fell aufstieg, verpestete die Luft. Es stank nach Hühnchen, Benzin und Kot: der Hund hatte sich vollgeschissen. Paolo musste sich Nase und Mund bedecken, um sich nicht zu übergeben. Erst jetzt bemerkte er, wie still es um ihn war. Nun, da das Kläffen aufgehört hatte, vermochte er inmitten der nackten Felder die Stille in ihrer ganzen Wucht wahrzunehmen. Der Hund bewegte weiterhin seine Beine. Immer langsamer, immer müder. Paolo konnte seinen Blick nicht von ihnen abwenden.

Vor und zurück. Vor und zurück. Vor und zurück.

Unerschütterlich bewegten sie sich langsam weiter. Er beobachtete sie regungslos und spürte, wie sich etwas in ihm spannte und immer weiter und weiter spannte. Der Hund winselte ein letztes Mal. Ein durchdringender Ton voll uralter Verzweiflung. Und in diesem Moment spürte Paolo, wie etwas in ihm zerriss.

Er stieß einen Schrei aus, fuhr sich durch die Haare und fiel auf die Knie.

»Was hab' ich getan? ... nein, nein!«, brüllte er. »Verdammte Scheiße, nein ... NEIN!«

Panisch riss er sich sein T-Shirt vom Leib und schlug damit auf die Flammen ein, im vergeblichen Versuch, das erbärmliche Tier dem Tod zu entreißen. Aber es war zu spät. Er fiel auf die Ellbogen und wurde von einem heftigen Weinkrampf erfasst.

Er konnte es nicht begreifen. Was er getan hatte, was das war. Er konnte es nicht begreifen.

Antonio lag in seinem Bett. Er rauchte. Tiefste Nacht, Stille.

Die Eingangstür ging auf und wieder zu. Schritte im Flur. Er hatte darauf gewartet, dass Paolo nach Hause kam. Nicht, dass er sich Sorgen gemacht hätte, aber er war doch lieber wach geblieben und hatte auf ihn gewartet. Er drückte die Zigarette am Bettgestell aus und richtete sich das Kopfkissen. Lange hatte er starr in derselben Position dagelegen und die Matratze mit seinem Schweiß durchtränkt. Er drehte sich zur Seite und sah die Gestalt seines Bruders im Türrahmen stehen. Ohne T-Shirt, Brust und Bauch mit Erde beschmiert. Sie starrten einander an, lasen in den Augen des anderen, und verstanden sich.

Paolo legte sich neben ihn. Antonio brachte sich in eine bequemere Position.

Sie hätten gern miteinander gesprochen. Beide. Aber das Schweigen, zu dem sie sich gegenseitig erzogen hatten, war ihnen so zur Gewohnheit geworden, dass sie nicht gewusst hätten, wo sie überhaupt anfangen sollten. Sie blickten sich an, Paolo nahm den Kopf seines Bruders in die Hände und gab ihm ein paar Klapse auf die Wange.

Das reichte schon.

Oscar Capote ging mit hängendem Kopf durch Camporotondo.

Er hasste diesen Ort, der ihm klein und alt vorkam. Immer die gleichen engen Straßen und heruntergekommenen Häuser, wie todkranke Tiere. Er fand es beklemmend hier. Aber was er am meisten verachtete, was ihn wirklich anwiderte, waren die Leute, die hier lebten. Ausgehungerte Wölfe, die mit ihren aufgesperrten Mäulern jederzeit nach einem schnappen konnten. Man brauchte ihnen, seinen Mitbürgern, nur den Hals hinzudrehen und schon war man geliefert. Aus diesem Grund hatte er das alles hinter sich gelassen und war abgehauen.

Er war dreiundzwanzig, in Camporotondo geboren und gleich nach dem Abitur in die Stadt gezogen, um Design zu studieren. Dort teilte er sich eine Mietwohnung mit zwei Sizilianerinnen, die er vergötterte und die ihn vergötterten. Sein Traum war es, nach Norditalien zu ziehen, Mailand war sein Ziel, und sein Studium war für ihn der erste Schritt auf dem Weg dahin gewesen. Nach der Universität würde er sich dort einen Job suchen. Seine Zukunft lag vor ihm wie ein großes Fragezeichen. Eine außergewöhnliche Geschichte, ein unglaubliches Abenteuer. Er wusste nicht, wohin ihn das Leben führen würde, aber das war ihm egal. Wo auch immer er in zwanzig Jahren sein würde, er war überzeugt davon, dass dies der Ort wäre, an dem er sein wollte. Alles war ungewiss, und gerade das fand er aufregend. Er stammte aus einem winzigen Ort, in dem die Zukunft eines jeden Einzelnen schon immer festgestanden hatte: vom ersten Krabbeln an war jeder Lebensweg genau vorherbestimmt. Man kam auf die Welt, wurde älter, krepierte. Und dazwischen war man gezwungen, eine normale Arbeit zu finden. Eine normale Frau zu heiraten. Normalen Nachwuchs zu zeugen. Eine ganz und gar nicht außergewöhnliche Geschichte, ein alles andere als unglaubliches Abenteuer. In Camporotondo war alles im Vorhinein festgelegt. Und für Abweichungen von diesem kranken Muster gab es keinerlei Platz. Deshalb war er fortgegangen. Um sich einen Raum zu schaffen, der nur ihm allein gehörte. Er, der die schlimmste Abweichung von der Natur darstellte, die man sich in diesem Ort vorstellen konnte.

Oscar war schwul. Es war eigentlich gar nicht so kompliziert: er hätte auf Muschis stehen sollen, aber stattdessen mochte er Schwänze. Und wie er sie mochte! Aber was konnte er schon dagegen tun? Er war so geboren worden, hatte es sich nicht aus Mode- oder irgendwelchen anderen Gründen ausgesucht. Er war schwul. Punkt. Als er noch klein und weder Fisch noch Fleisch war, hatte er beschlossen, die Entscheidung über seine Natur auf das Erwachsenenalter zu vertagen. Denn damals dachte er noch, dass es sich hierbei um nichts weiter als eine Entscheidung handelte. Dann hatte er jedoch erste Erfahrungen gesammelt. Doktorspiele mit einem Schulfreund. Als Student dann auch Sex. In jener Zeit war er zu einem klaren Bewusstsein darüber gelangt, wer er war und was er wollte. Nun kam ihm sein eigenes Schwulsein wie das Natürlichste auf der Welt vor. Es seinen Eltern zu erklären, war ihm bisher jedoch noch nicht gelungen. Sicherlich vermuteten sie es, aber diese Vorstellung hatte bislang nur über ihren Köpfen geschwebt. Aufsteigende Rauchfahnen, die sie stur ignorierten. In der Stadt wussten es alle, in Camporotondo niemand. Deshalb war er so selten hier. An offiziellen Feiertagen, bei Familiengeburtstagen und für ein paar Wochen im Sommer. Danach machte er sich immer so schnell wie möglich aus dem Staub.

Oscar war seit drei Tagen im Ort und würde noch weitere neun bleiben: seine sommerlichen *Nicht-Ferien*. Er hatte auf der Piazza Cavour geparkt und süßes Gebäck in der Bar am Marktplatz gekauft. Seine Eltern hatten ihn darum gebeten, da am Abend Verwandte zu Besuch kommen würden. Lauter alte Leute, die ihm sicherlich wieder einiges über die Lebensweise in der Stadt zu sagen haben würden, die zu betreten ihrer Ansicht nach nicht einmal der Herrgott wagte. Das würde ein Spaß werden. Nachdem er den Nachtisch besorgt hatte, beschloss er, auch noch Zigaretten zu kaufen. Er freute sich sehr darauf, nach Hause zu fahren. Er würde sich aufs Bett fläzen, die Klimaanlage einschalten und Umberto anrufen.

Das war sein Freund. Seine erste ernsthafte Beziehung. Der erste Mensch, der ihn ein Kribbeln in der Magengegend hatte verspüren lassen. Oscar konnte zwar nicht sagen, dass er ihn liebte, aber er hatte ihn sehr gern. Er war rücksichtsvoll und liebenswürdig. Sie hatten sich an der Universität kennengelernt. Umberto war ein Jahr über ihm und viel erfahrener als er. Im Bett wusste er genau, wo er Hand anlegen musste, welche Stellen er berühren musste und welche nicht. Auf emotionaler Ebene war er allerdings auf dem Stand eines Dreijährigen stehen geblieben. Sie hatten sich gegenseitig viel beigebracht und voneinander gelernt. Und mittlerweile schien es Oscar so, als könne er einen kleinen Ausschnitt einer gemeinsamen Zukunft mit ihm ausmachen. Umberto war seine Konstante. Das einzige Stück Wirklichkeit, an dem er sich festhalten konnte, um voller Zuversicht auf jene Zukunft zu blicken, an die zu glauben er beschlossen hatte. Sie redeten ständig über die Wohnung, in der sie in Mailand leben würden. Wer sich um den Haushalt kümmern würde, wer das Kochen übernehmen würde. Kleine Dinge, die sie glücklich machten.

Er kam zum Tabakladen.

Im Schaufenster lag ein goldenes Zippo-Feuerzeug, das mit einem Teddybären verziert war. Es kostete mehr, als es wert war, aber er kaufte es trotzdem für Umberto. Es würde ihm gefallen.

Er öffnete die Glastür und betrat das Geschäft.

Auch an diesem Morgen blieb Antonio noch im Bett liegen und las.

Er stand auf, um auf die Toilette zu gehen, und sagte sich, dass nun der Moment gekommen sei, seinen Tag zu beginnen. Wenn er weiter im Bett bliebe, würde er noch verwesen. Begraben in seinem eigenen Körper. Gefangen in einem Sarg aus Fleisch und Blut, den die sadistische und selbstzerstörerische Hälfte seiner selbst gezimmert hatte.

Er beschloss, das Haus zu verlassen.

Ein wenig bedauerte er es, seine Lektüre zu unterbrechen. Der Roman fing an, ihm zu gefallen. Das Lesen gab ihm ein gutes Gefühl in der Magengegend. Diese Geschichte schien irgendwie von ihm zu handeln. Er fand sich auf den gelesenen Seiten wieder. Dem Buch gelang es, jenen Gefühlen einen Namen zu geben, die er schon immer gehabt hatte, jedoch nie hatte in Worte fassen können. Er tauchte in eine fremde Welt ein, die ihm auf eine ganz intime und geheimnisvolle Art und Weise anzugehören schien. Dieser Roman war ein Spalt in der Mauer seiner Realität, ein Fluchtweg aus einer Existenz, die ihn zermalmte.

Er duschte zum zweiten Mal an diesem Tag, zog sich die erstbesten Klamotten an, die er finden konnte, und ging hinaus. Auf seinem Weg ins Ortszentrum hinein machte er absichtlich Umwege und fuhr langsam. Er hoffte, irgendjemanden zu treffen, den er kannte, nicht ungern hätte er ein wenig geplaudert. Er hielt vor dem Laden des Pakistani, beim Supermarkt im Corso Empedocle und vor dem Betonblock der Chinesen. Unentschlossen, ob er hineingehen sollte, starrte er in die Schaufenster, fuhr aber jedes Mal wieder los, ohne auch nur vom Boxer abzusteigen. Schließlich kaufte er ein Feuerzeug, ein Päckchen Kaugummi, einen Kugelschreiber und ein Rubbellos. An die Mauer der Bar gelehnt rauchte er eine Zigarette, sein Blick starr und leer auf den Marktplatz gerichtet, dann fuhr er wieder los.

Als er wieder auf dem Boxer saß und nach Hause fuhr, hätte er am liebsten geweint.

Paolo steckte im Feierabendverkehr fest.

Mit dem Stummel seiner alten Zigarette zündete er sich eine neue an. Es war seine letzte und so beschloss er, beim Tabakladen zu halten. Er parkte den Punto halb auf dem Gehsteig. Eine ältere Dame warf ihm einen missbilligenden Blick zu, er schaute grimmig zurück. Er stieg aus und wollte gerade in den Laden eintreten, wobei er noch immer hasserfüllt die alte Schachtel fixierte, als er mit der Stirn gegen etwas Hartes stieß. Er hob den Blick. Der Kerl vor ihm massierte sich eine Wange.

»Was machst du denn, du Penner?«, rief Paolo wütend.

»Was machst du denn!«, erwiderte der andere mit einer seltsam süßlichen Stimme.

Er war ziemlich schmächtig. Die Haare gut gestylt, der Bart perfekt getrimmt, große ausdrucksvolle Augen, ein glitzernder Ohrring im linken Ohrläppchen.

Paolo lag ein *Fick dich* auf der Zunge, doch dann hielt er inne.

Du heißt Oscar. Du heißt Oscar und existierst nicht.

Er erinnerte sich an ihn, natürlich, aber das gehörte einer Vergangenheit an, die so weit zurücklag, dass sie beinahe vollständig ausgelöscht worden war. Paolo hatte hart darum gekämpft, ihn aus seinem Kopf zu entfernen. Ihn und alle Erinnerungen, die mit ihm zusammenhingen, wie Abfall zu entsorgen, Verbrechen, mit denen er sich unschuldigerweise besudelt hatte. Aber letzten Endes, und das begriff er erst jetzt, war es egal, wie schnell er davonlief, der Teil seiner selbst, über den er keine Kontrolle hatte, würde ihn immer wieder an den Haaren packen und zu Boden drücken.

»Hi!«, sagte er und lächelte strahlend. »Ich bin Oscar, erinnerst du dich?«

»…«

»Wir waren in derselben Klasse auf dem Gymnasium, auf dem …«

»… Dante Alighieri«, beendete Paolo den Satz.

»Wir haben uns lange nicht gesehen. Wie geht's dir?«

Paolo war verwirrt. Als hätte er einen Toten gesehen. »Mir geht's gut … dir?«

»Auch ganz gut. Ich studiere jetzt in der Stadt. Bin vor zwei Jahren weggezogen. Und du?«

Warum bist du nett zu mir? Wir haben uns gegenseitig die Seelen beschmutzt. Wir hassen uns.

»Ich arbeite auf dem Bau.«

»Heutzutage ist es wirklich besser, sich eine Arbeit zu suchen und daran festzuhalten.« Wieder lächelte er.

Hör auf! Es reicht, es reicht, es reicht. Warum lächelst du, du Vollidiot?

Der anfängliche Schock ließ langsam nach. Jetzt spürte Paolo, wie sich allmählich die Wut in seinem Bauch breitmachte. Wie sie seine inneren Organe erfasste. Wie sie in ihm hochstieg und von seinem Gehirn Besitz ergriff.

Eine Weile standen sie sich schweigend gegenüber, dann begann Oscar zu sprechen. »Hat mich gefreut, aber ...«

»Hast du Lust auf ein Bier?«, unterbrach Paolo ihn.

Oscar runzelte die Stirn. »Ein Bier?«

Jetzt lachst du nicht mehr, du Arschgesicht.

Er nickte.

»Wann denn?«

»Was weiß ich. Hat ja auch keine Eile. Gib mir einfach deine Nummer.«

Oscar gehorchte. Dann hob er den Blick und verschränkte ihn mit dem Paolos. Sie schauten sich an, um sie herum herrschte vollkommene Stille. Die Welt war in einem dunklen Nichts verschwunden.

Sie verabschiedeten sich und jeder ging seines Wegs. Paolo stieg ins Auto und fuhr los.

Er war euphorisch, wie in dem Augenblick vor einer Schlägerei. Er spürte, wie das Adrenalin wild durch seine Adern rauschte. Ein Gefühl der Allmacht, rohe Kraft, durchströmte ihn vom Kopf bis in die Zehenspitzen.

Als er zu Hause ankam, stellte er fest, dass er vergessen hatte, Zigaretten zu kaufen.

Antonio hatte gerade zum vierten Mal an diesem Tag geduscht.

In seinen Bademantel gewickelt drehte er sich einen Joint, die Augen auf den Fernseher gerichtet. Sein Bruder war vor ein paar Minuten nach Hause gekommen. Er wirkte betrunken oder breit, ununterbrochen ging er in der Küche auf und ab und faselte Dinge vor sich hin, die Antonio nicht verstand.

Was hat er nur heute Abend?

»Und was ist das?«, fragte Paolo ihn, wobei er auf das Rubbellos deutete, das auf dem Tisch lag.

»Das hab' ich heut Vormittag gekauft. Hab' ich ganz vergessen.«

Paolo kratzte es mit dem Fingernagel auf, dann fluchte er, knüllte es zusammen und warf es auf den Boden.

Antonio ließ ein bitteres Lachen vernehmen. »Das Schicksal meint es einfach nicht gut mit uns.«

»Du und ich, wir scheißen auf das Schicksal!«, verkündete Paolo, setzte sich auf den Liegestuhl neben ihm und nahm den Kopf seines Bruders zwischen seine Hände. »Du und ich, wir sind besser. Besser als alles. Besser als das Schicksal.«

»Verpiss dich!«, rief Antonio. »Deine Hände sind dreckig.«

»Komm schon, lach doch mal!«

»Was hast du heute Abend nur, darf man das wissen?«

»Was soll das heißen?«

»Du bist so fröhlich ... ohne jeden Grund.«

»Muss ich denn immer traurig sein, verdammte Scheiße?«

»Fick dich!«, brach es aus Antonio hervor. Er wusste nicht, was er sonst sagen sollte: sein Bruder hatte ja recht, aber dessen gute Laune ging ihm auf die Nerven.

Er drehte den Joint fertig und zündete ihn an. Als er daran ziehen wollte, riss ihm Paolo ihn aus der Hand und steckte ihn sich selbst zwischen die Lippen. Er zog ein paar Mal daran und blies ihm den Rauch ins Gesicht. »Wieso bist du immer so?«

Als Antwort darauf schaltete Antonio den Fernseher mit dem Besenstiel lauter.

»Entspann dich mal!« Paolo blies ihm eine weitere Rauchwolke ins Gesicht. »Ernsthaft, so kannst du nicht leben, sonst verreckst du am Ende mit dreißig. Und das sag' ich, weil ich's gut mit dir mein'!« Er stand auf und begann wieder, in der Küche auf und ab zu gehen. »Weißt du was? Heut Abend machen wir einen drauf. Wir lassen es uns so richtig gut gehen und schmeißen ganz viel Geld für irgendwelche Schweinereien aus dem Fenster. Wie die Könige. Dann wird es dir gleich besser gehen, du wirst schon sehen!«

Antonio blickte ihn schweigend an. Er dachte, sein Bruder würde ihn dafür bestrafen, dass er seine bescheuerte Fröhlichkeit nicht teilte. Und jetzt wollte er ihn dazu zwingen, trotzdem daran teilzuhaben.

Paolo stand auf, nahm eine Flasche Cynar aus dem Küchenschrank und trank daraus. In der anderen Hand hielt er den Joint. »Geh dich umziehen!« Er konnte nicht still sitzen, zappelte herum wie ein Fisch an der Angel. Er rief Carlo an, brüllte ins Telefon: »Pack Nicola ein und kommt her. Zack zack!« Dann kippte er wieder etwas Cynar hinunter. Antonio trat gegen den Türpfosten. Ging auf sein Zimmer. Zog sich an. Legte sich aufs Bett. Zündete sich eine Zigarette an.

Am liebsten wäre er zu Hause geblieben, hätte Cartoons geschaut und in aller Ruhe ein paar Joints geraucht.

Aus der Küche drang Disco-Musik: Paolo hatte auf MTV geschaltet und die Lautstärke voll aufgedreht. Dann kamen Carlo und Nicola. Paolo brüllte Antonios Namen. Er ging zu ihnen in die Küche. Sie saßen um den Tisch. Sie kippten reihum Cynar hinunter. In der Luft hingen Rauch und ihr ordinäres Gelächter, es herrschte eine betäubende Hitze.

»Gehen wir ins *Miami*!«, schlug Nicola vor.

»Da waren wir doch erst letztens«, sagte Carlo. »Lasst uns irgendwas anderes machen.«

»Zum Beispiel?«

»Ans Meer fahren. Nachts ist es dort super.«

»Wie langweilig, darauf hab' ich keine Lust.«

Alle schwiegen. Man konnte ihre Hirne beinahe arbeiten hören.

»Wisst ihr was?« Paolo hielt gedankenverloren inne und nahm einen Schluck. »Ich hab' Lust auf Ficken ...« Er schien mehr zu sich selbst als zu den anderen zu sprechen. Er machte eine Pause, alle achteten sein Schweigen, als handelte es sich dabei um etwas Bedeutsames. Er kippte einen weiteren Schluck Cynar hinunter, schlug mit einer Hand auf den Tisch und rief: »Nutten!«

Carlo und Nicola heulten zustimmend los.

»Nein verdammt, ich will nicht zu Nutten gehen«, beschwerte sich Antonio.

»Das wird dir guttun. Du bist viel zu verspannt. Das hilft gegen deine Gereiztheit.«

»Was sagst du da?« Er war am Rande eines hysterischen Anfalls. »Ich find die einfach nur widerwärtig. Ich will da nicht hingehn. Und dafür will ich auch kein Geld ausgeben! Geht ihr doch hin. Ich bleib' zu Hause.«

»Red keinen Mist, klar kommst du auch mit. Und du wirst Spaß haben. Wenn du mal da bist, wird es dir auch gefallen. Entweder das oder du bist eine Schwuchtel«, lachte er, Carlo und Nicola stimmten ein. »Erst trinken wir die hier aus, dann gönnen wir uns einen Fick und beenden die Nacht mit einer Flasche vom Pakistani und einem fetten Joint. Ein Mordsabend!«

Antonio nahm den Cynar und trank. Diese Schlacht hatte er verloren.

Sie fuhren zu dem Abschnitt der Autobahn, wo die Prostituierten standen.

Paolo war von Alkohol und Gras ganz benebelt. Und er war erregt wie ein wildes Tier. Antonio sprach kein Wort, rührte sich nicht, hatte fast aufgehört zu atmen. Er saß einfach nur da und starrte aus dem Fenster. Paolo verstand ihn nicht, er versuchte es nicht einmal. Sie erreichten ihr Ziel. Auf beiden Seiten nur öde Felder. Die Prostituierten standen im Lichtkegel einer Straßenlaterne beieinander. Halb nackt balancierten sie auf ihren hohen Absätzen. Nicola fuhr an die Seite und ließ das Fenster herunter.

»Hi Süßerr, du bist so schönn, weißt du?«, empfing sie eine von ihnen mit einem starken osteuropäischen Akzent.

Es waren Ukrainerinnen oder Polinnen, eine Schwarze war auch dabei.

»Wie viel?«, fragte Nicola.

»Zwanzik für ahles.«

»Sechzig für alle vier und ihr werdet uns dankbar sein«, gab Paolo zurück.

Sie hatten einen Deal.

»Eine für jeden?«, sagte Carlo und rieb sich die Hände wie eine Schmeißfliege.

»Klar. Du nimmst die Negerin?«, fragte Paolo angewidert.

»Die will ich«, keuchte Nicola mit einem schlüpfrigen Lächeln.

Sie stiegen aus und verteilten sich. Jeder folgte seiner eigenen Prostituierten hinter die Büsche, die die Parkbucht vom offenen Feld trennten. Paolo war kurz davor, zu explodieren. Betrunken, breit, in Hochstimmung. Und je größer diese Erregung wurde, desto besser gelang es ihm, sie wahrzunehmen. Er konnte sie nun schon fast beim Namen nennen. Aber je mehr er sich darauf konzentrierte, sie genau zu bestimmen, desto mehr entzog sie sich ihm. Wie wenn man sich an einen Traum zu erinnern versucht. Sie entglitt seinen Sinnen, langsam und unaufhaltsam.

Hinter dem Gebüsch brauchten seine Augen eine Weile, bis sie sich an die Dunkelheit gewöhnt hatten.

Mond und Sterne leuchteten nur schüchtern herab. Vor ihm lag eine versiffte und unförmige Matratze auf der nackten Erde. Nach rechts hin versperrten Büsche die Sicht. Nach links hin öffneten sie sich und gaben den Blick auf eine andere Matratze frei. Darauf kauerte, auf die Ellenbogen gestützt, eine der Prostituierten mit gespreizten Beinen. Hinter ihr stand Carlo, der an dem Reißverschluss seiner kurzen Hose herumfummelte. Paolo sah ihm zu, wie er sich Hose und Unterhose auszog. Wie er seinen Schwanz packte und schnell zu wichsen begann. Er sah ihm zu, wie er sich das Kondom überstreifte und keuchend in die Frau eindrang. Seine Augen waren zum Himmel gewandt, sein Mund stand offen. Paolo starrte ihn an. Auf Knien, mit zurückgeworfenem Kopf und angespannten Muskeln ergriff Carlo Besitz von diesem anonymen Stück Fleisch. Die Lust verzerrte sein Gesicht, sein Stöhnen ließ die Stille der Nacht erzittern.

Paolo konnte seinen Blick nicht von ihm abwenden. Und als Carlo vor Lust zu beben begann, konnte sich Paolo nicht mehr halten. Er packte die Frau bei den Haaren und drehte sie auf den Bauch. Schnell, brutal. Er schob ihren Minirock nach oben. Riss ihr den Schlüpfer weg. Zog sich ebenfalls aus. Drang ungestüm in sie ein. Er drehte sich um: Carlo war immer noch am Werk. Das Klatschen von dessen Stößen gab den Takt für seine eigene Lust vor. Er wurde schneller. Carlos Stöhnen leckte an seine Ohren. Seine Bewegungen erzeugten in ihm das Gefühl, am selben Akt beteiligt zu sein. Als er ein kehliges, animalisches, abgehacktes Geräusch vernahm, drehte er sich um und begegnete Carlos Blick. Sie schauten einander fest in die Augen, ihre Körper machten weiter, als wären sie von urzeitlichen Mächten besessen.

Sie kamen gleichzeitig zum Höhepunkt.

Antonio hatte keine Lust. Als er aber bei seiner Matratze ankam, war er sich nicht mehr sicher. Sein Schwanz pulsierte gegen seine Unterhose, sein Bauch kribbelte.

Die Frau brachte sich auf der Matratze in Stellung und öffnete ihre Beine. Sie band sich ihre langen schwarzen Haare zusammen und verharrte erwartungsvoll. Sie wartete auf Antonio: heute Nacht würde sie nur ihm gehören. Dieser Gedanke berauschte ihn. Er fühlte sich mächtig. Fühlte sich geliebt. Er streifte sich das Kondom über. Drang vorsichtig in sie ein. Und sofort überkam ihn ein sanftes Gefühl der Vertrautheit.

Nun begriff er es. Ein Stück der Intimität, nach der er suchte, einen Teil der Liebe, die er nie bekommen hatte, fand er in dieser Nacht. Auf einer versifften Matratze hinter der Autobahn, bei einer Prostituierten.

Es raschelte im Gebüsch, die vier Jungs kamen alle im gleichen Augenblick zurück.

Sie stiegen ins Auto und fuhren los. In voller Lautstärke dröhnte die Musik aus den Boxen. Paolo, Carlo und Nicola sangen, pfiffen, schrien. Sie waren völlig überdreht. Antonio sagte kein Wort. An ihrem Zielort angekommen fielen sie wie die Vandalen im Laden des Pakistani ein. Mit einer Zigarette im Mund und einem wilden Funkeln in den Augen lief Paolo durch die winzigen Gänge. Sie kauften zwei Flaschen

Grappa. Antonio verspürte den Drang, sie seinem Bruder aus der Hand zu reißen und auf den Boden zu schleudern.

Sie richteten sich auf einer Parkbank auf der Piazza Cavour ein. Tranken Grappa. Paolo und seine beiden Freunde jagten einander, rauften sich, brüllten herum. Antonio saß schweigend da, rauchte und trank. Zu etwas anderem war er nicht fähig.

War er wirklich so geistlos, dass er sich von der vorgespielten Liebe einer Nutte beeindrucken ließ?

Was ist nur falsch mit mir?

Die beiden Brüder hatten den Nachmittag damit verbracht, einen Joint nach dem anderen zu rauchen.

Den Fernseher hatten sie auf volle Lautstärke gedreht, die Ventilatoren direkt auf sich gerichtet. Es herrschte eine quälende Augusthitze.

Paolo hatte nur vormittags gearbeitet. Einer der Bauarbeiter hatte sich mit der Flex in die Hand geschnitten und sie waren alle nach Hause geschickt worden. Auf dem Heimweg hatte er eine Packung Schmalz gekauft und zusammen mit seinem Bruder frittierte Pizza gemacht. Der absolute Wahnsinn. Nachdem sie einen Joint geraucht und das Mittagessen verspachtelt hatten, vernichteten sie noch eine Packung Kaffeeeis. Jetzt fläzten sie auf den Liegestühlen herum. In der Küche vermischte sich der Gestank von Frittiertem mit dem Rauch von Joints und Zigaretten. Sie schauten einen jener Filme, in denen sich die Leute ständig prügelten. Paolo konnte sich nicht an den Titel erinnern, aber dieser glatzköpfige Typ spielte auch mit, der ihm so gut gefiel. Dieser Muskelprotz, der immer stinksauer war. Ein richtig harter Kerl.

Antonio reichte ihm den Joint. »Mach ihn fertig«, hustete er. »Ich bin im Koma.«

Das Telefon klingelte. Paolo wäre beinahe am Rauch erstickt. Niemand rief sie zu Hause an. Ab und zu einmal jemand von Vodafone, TIM oder irgendeiner anderen Firma, aber er hatte immer so mürrisch geantwortet, dass sie mittlerweile aufgegeben hatten.

»Wer kann das sein?« Antonio schaute das Telefon an der Wand an, als wäre es ein Außerirdischer.

Beide dachten, dass es ihre Mutter sei, aber keiner von ihnen wagte es auszusprechen.

»Entweder hat sich jemand verwählt oder jemand will uns etwas andrehen. Lass es klingeln.«

Das Telefon verstummte und sie entspannten sich wieder, aber kurz darauf klingelte es erneut.

»Wer kann das sein?«, wiederholte der Bruder.

Das weiß ich doch nicht, du Idiot. Anstatt hier blöde Fragen zu stellen. »... geh schon ran.«

Antonio gehorchte unbeholfen. Er hob den Hörer ab und meldete sich. Er runzelte die Stirn und hörte zu. »Uns geht's gut ...«, sagte er unsicher, leicht verärgert. »Nein, also, ja, aber ... oh, das tut mir leid ... ja, das ist normal. Okay ... am Montag. Ciao.«

Er legte auf. Ging zum Liegestuhl zurück, setzte sich und schaltete den Fernseher mit dem Besenstiel aus.

»Ich wollte das sehen, du Vollpfosten«, polterte Paolo.

Antonio blickte ihn einfach nur an. Mit geschlossenem Mund und aufgerissenen Augen.

»Was ist denn los? Wer war dran?«

»Oma Teresa ist gestorben.«

»Wer?«

»Unsere Oma, Paolo. Oma Teresa.«

Paolo zuckte mit den Schultern. Er versuchte, den Nebel in seinem Hirn zu lichten. Er konnte sich kaum an ihre Großmutter erinnern. Sie hatten sie nur ein paar Mal gesehen. Damals, als Stefano und Sandro, ihr Onkel, noch gut miteinander ausgekommen waren. Dann hatten sie um Geld gestritten und einander zum Teufel geschickt. Seitdem hatten sie weder ihren Onkel noch ihre Großmutter gesehen. Paolo hatte nur noch vage Erinnerungen an sie: Blütenduft, Zitronenbonbons.

»Und wie ist sie gestorben?«

Antonio zuckte mit den Schultern. »Das hat er nicht gesagt.«

»War das Onkel Sandro am Telefon?«

Er nickte. »Am Montag ist die Beerdigung in der Stadt, er meinte, es wäre angebracht, dass wir hingehen.«

»Und was sollen wir da?«

Antonios Augenlider zuckten, er wartete ein wenig. »Vielleicht hat sie uns Geld vererbt.«

Auf die Idee, dass die Alte ihnen etwas vererbt haben könnte, war Paolo noch gar nicht gekommen. Aber wenn man einmal darüber nachdachte, war es eigentlich offensichtlich. Schließlich waren sie ihre Enkel: sie *musste* sie in ihrem Testament berücksichtigt haben.

»Willst du hin?«, fragte Antonio und zündete sich eine Zigarette an.

Die Stadt war ein paar Stunden entfernt. Paolo würde seinen Chef um Erlaubnis fragen müssen, was ihm gar nicht gefiel. Aber noch schlimmer war für ihn die Vorstellung, das Pack von Vollidioten wiederzusehen, die seine Verwandten waren. Eingebildete scheiß Wichser, deren eigene spießbürgerliche Lügenmärchen ihnen die Hirne zermatscht hatten. Er fand sie abstoßend, diese Schlangen. Er hatte keinerlei Lust, ihre ›ich bin besser als du‹-Blicke ertragen zu müssen.

Aber das Geld …

»Du?«, fragte Paolo zurück.

Antonio schien Mühe zu haben, ein Wort hervorzubringen. »Vielleicht sollten wir. Wegen Oma. Oder?«

Sein Bruder war ein Romantiker. Er ließ sich von seinen Emotionen mitreißen, ohne nachzudenken. »Dann fahren wir hin«, bestimmte Paolo.

Das Gespräch mit seinem Onkel hatte in ihm ein seltsames Gefühl zurückgelassen.

Antonio hatte nur noch verschwommene Erinnerungen an seine Großmutter. Die Nachricht von ihrem Tod hatte ihn dennoch aus dem Gleichgewicht gebracht. Ein weiteres Stück seiner Kindheit war still und heimlich verschwunden. Er stand auf, machte die Zigarette im Waschbecken aus und ließ den Stummel dort liegen. »Ich geh' mich umziehen.«

»Warum? Wo musst du denn hin?«, fragte Paolo.

»Zu Italo«, log er. Er würde Anna treffen, er hatte sie diesen Vormittag angerufen und sich mit ihr für den Abend verabredet, aber das wollte er seinem Bruder nicht sagen.

»Schwachsinn!«, blaffte dieser ihn an. »Wo gehst du hin?«

»Zu Italo, das hab' ich dir doch gesagt.«

»Leck mich! Samstagabends machen wir doch sonst immer etwas miteinander.«

Paolo ließ ihn andauernd allein. Entweder fuhr er zu irgendwelchen Mädchen oder zu Carlo und Nicola. Antonio hatte jetzt jedoch keine Lust, zu streiten, und erwiderte nichts.

»Italo ...«, grummelte Paolo verächtlich. »Was findest du nur an dem? Der findet sich doch selbst so toll, dass einem schlecht wird. Und langweilig ist er auch. Auch wenn er es immer so aussehen lässt, als wäre er es nicht. Und er ist ... wie sagt man ... wenn jemand sich wichtigmacht ...« Er dachte angestrengt nach, dann gab er auf. »Scheiß drauf ... er ist ein Arsch. Das ist es, was er ist!«

Antonio versuchte, eine Auseinandersetzung zu vermeiden. »Ich mach' mich jetzt fertig, sonst komm' ich noch zu spät.«

Er blieb eine Viertelstunde lang unter der Dusche. Er putzte sich die Zähne und frisierte sich. Er nahm ein Parfumfläschchen, das er vor ein paar Monaten geklaut hatte. Er trug nur wenig auf, damit es länger reichte, und hielt es versteckt aus Angst, Paolo würde es auch verwenden. Wenn er Parfum auftrug, kam er sich wie ein rechtschaffener Mensch vor. Wie die jungen Männer im Ort, die sich ihr Polo-Shirt in die Hose steckten; er machte sich vor, dass er ihnen so ähneln würde. Er wählte ein eng anliegendes Hemd und eine Hose, von der er vergessen hatte, dass er sie besaß. Dann kontrollierte er sein Aussehen Zentimeter für Zentimeter vor dem Spiegel. Er bändigte widerspenstige Haarsträhnen, strich sich die Augenbrauen glatt. Schick angezogen, wie er war, legte er sich aufs Bett und wartete. Er hatte Lust zu rauchen, wollte aber auch nicht schlechten Atem bekommen, und so verzichtete er darauf.

Er blickte auf den Wecker auf dem Nachttisch. Es waren fünf Minuten vergangen.

Den Teufel werd' ich tun und wie ein Vollidiot allein zu Hause sitzen. Er drehte sein Handy in den Händen herum. Er blickte es an, als wäre es eine Waffe.

Es wäre eine Dummheit. Davon war Paolo überzeugt. Und er hätte es nicht tun sollen. Aber er wollte es tun. Auch dessen war er sich sicher. Eine Gewissheit, die er in seinem Körper spürte und die er sich nicht erklären konnte. Er fühlte sie ganz deutlich, ein drängendes Bedürfnis, das an seinen Kräften zehrte. Er hantierte mit seinem Telefon herum, schob es sich in die Hosentasche. Zog es wieder heraus, legte es auf den Liegestuhl, blickte es an. Wenn seine Fingerkuppen es berührten, merkte er, dass es sehr heiß war. Er starrte es lange an, wie ein wildes Tier, jederzeit bereit, ihn anzugreifen. Er nahm es, legte es hin. Nahm es wieder, legte es wieder hin. Er fluchte. Trommelte mit den Fingern auf der Armlehne des Liegestuhls herum. Fletschte die Zähne, blinzelte unkontrolliert mit den Augenlidern. Starrte das Gerät weiter an. Dann tat er es.

Er schrieb Oscar eine Nachricht. Und die Antwort kam blitzschnell.

Sie würden sich im *Muy Loco* treffen, einem Pub in der Nähe des Ortszentrums.

Sein Bruder hatte ihn dazu genötigt, das Moped zu nehmen. Jetzt war Antonio auf dem Weg zu Anna. Den Helm hatte er sich um den Arm gebunden, um sich die Frisur nicht zu zerstören. Mit dieser Klapperkiste, die nur langsam fuhr und nach verbranntem Öl stank, würde er eine erbärmliche Figur abgeben, aber er hatte keine andere Wahl gehabt.

»Ich brauch' den Punto, nimm den Boxer«, hatte Paolo ihm befohlen.

»Blödsinn, das machst du doch mit Absicht! Wo musst du denn bitteschön noch hin?«

»Das geht dich gar nichts an. Du kannst zu Italo fahren, um mit ihm rumzuschwuchteln. Aber mit dem Boxer.«

»Fick dich!«, war Antonio explodiert. »Scheiß Egoist.«

Jetzt bereute er diese Reaktion.

Jedes Mal, wenn er mit Paolo Streit hatte, hatte er das Gefühl, dass das Universum aus den Fugen sei. Er klingelte, Anna kam schwer atmend, aber lächelnd heraus, sie trug ein schönes gestreiftes Kleid. War gut geschminkt, hatte die Haare zu einem Zopf zusammengebunden. Antonio fand, dass sie schön war.

»Oh!«, brachte Anna hervor, als sie das Moped sah.

Er wäre am liebsten gestorben.

»Das ist ganz wunderbar!«, schob sie schnell hinterher; sie musste begriffen haben, dass es ihm unangenehm war. Antonio fühlte sich gedemütigt.

»Ich hab' nur keinen Helm«, log sie, und das merkte man ihr an.

»Nimm meinen«, sagte er und hielt ihn ihr hin.

Sie schaute zuerst den alten, abgenutzten Helm an, dann Antonio, der sie, unbewusst, mit seinen Blicken anflehte. Sie erklärte sich einverstanden. »Wo fahren wir hin?«

»Ist Pizza in Ordnung für dich?«

Anna nickte.

Und sie fuhren los. Als er Gas gab, umfasste sie seine Hüfte wie in einer Umarmung und drückte ihn an sich. Bei dieser Berührung begann Antonios Haut zu brennen.

Eine leise Stimme sagte ihm, dass es besser wäre, zu Hause zu bleiben. Oscar gehörte der Vergangenheit an. Jenem Teil seiner selbst, den er zu ignorieren beschlossen hatte. Und gewisse Dinge ließ man besser begraben. Er hatte keine Angst vor dem, was er begraben hatte, er hatte Angst vor sich selbst. Vor jenem Teil seiner selbst, seines gegenwärtigen Selbst, der mit diesen Dämonen der Vergangenheit ein Hühnchen würde rupfen müssen.

Er sagte sich, dass er auch einfach noch einen Joint drehen, eine Pizza bestellen und sich zu Hause betrinken könnte. Die würdigste Art, diesen unwürdigen Tag zu beenden. Aber das Verlangen, Oscar zu sehen, war immens. Übermächtig. Wie um einen erbaulichen Kompromiss zu finden beschloss er deshalb, betrunken ins *Muy Loco* zu gehen. Sich zu besaufen würde ihm helfen, dachte er. Im Küchenschrank stand nur noch eine Flasche Ouzo, dieses eklige griechische Zeug, das wie Benzin schmeckte. Italo hatte sie Antonio von einer seiner reiche-Leute-Reisen mitgebracht, und bisher hatte niemand sie angerührt.

Er öffnete die Flasche und trank in großen Schlucken.

Im *All'Antico Fornaio* fanden sie einen freien Tisch, ohne warten zu müssen.

Sie setzten sich und versteckten sich hinter den Speisekarten. Antonio dachte, dass es eine dumme Idee gewesen sei, Anna zum Essen einzuladen. Dieser Abend würde zu nichts führen. Vergeblich wie der Beginn aller schönen Dinge in seinem Leben.

»Also ...«, sagte sie.

»Also ...«, echote er. »Weißt du schon, was du nimmst?«

Anna teilte es ihm mit, aber Antonio hörte ihr gar nicht richtig zu. Es gelang ihm nicht, seine rasenden Gedanken im Zaum zu halten. Sie schossen unnütz in seinem Schädel herum.

Ruhig bleiben, diese Panik hilft dir auch nicht weiter!

Der Kellner kam und nahm ihre Bestellung auf.

»Wegen der Reisen ...«, brach sie das Eis. »Darüber haben wir doch am Strand gesprochen ... erinnerst du dich? Ja, genau. In einem Monat fahre ich nach Berlin.«

Er beglückwünschte sie. »Und mit wem fährst du?«

»Mit meinen Eltern. Hast du irgendwelche Reisen geplant?«

»Ich überlege, nach Spanien zu fahren«, log er schamlos.

»Mit deinen Eltern oder mit Freunden?«

Antonio öffnete den Mund, um zu antworten, aber er brachte kein Wort hervor.

Wie ist das möglich? Sie weiß nichts von Mama und Papa?

Stefano und Giovanna waren in diesem klatschsüchtigen Ort in aller Munde gewesen. Die Gerüchte hatten in Camporotondo die Runde gemacht und schnell waren immer neue Versionen im Umlauf gewesen. Wie von allein, wie von Zauberhand. Ausgeschmückt mit erfundenen und falschen Details. Als das Interesse an der Geschichte dann abgeflaut war, hatten Stefano und Giovanna aufgehört zu existieren. Sie waren von den Lippen und aus dem Gedächtnis aller verschwunden. Völlig geräuschlos. Ohne eine Spur zu hinterlassen. Eine Schande, die man besser vergaß. Ihre Söhne ignorierte man, wie die Nachwirkungen einer überstandenen Krankheit.

Antonio fand es seltsam, dass Anna über diese Angelegenheit im Dunkeln war. Aber sie war ihm nicht unaufrichtig vorgekommen. Als wüsste sie wirklich nicht, dass Stefano und Giovanna ihn verlassen hatten, auf jeweils eigene Art und Weise. Diese Vorstellung entspannte ihn. An diesem Tisch, an diesem Abend, war er ein anderer Antonio. Befreit von der Last seines eigenen Lebens.

»Mit Italo, einem Freund von mir«, sagte er. »Ich denke, ich werde mit ihm fahren.« Er stellte fest, dass er gar nicht gelogen hatte: wenn er eine solche Reise machen würde, dann mit ihm.

»Italo Scurati? Ich wusste nicht, dass ihr befreundet seid.«

»Kennst du ihn?«

Anna bejahte das. »Dieser Ort ist klein.«

»Wie ein Arschloch!«, scherzte Antonio, bereute es jedoch sofort: das war ziemlich ordinär gewesen.

»Das hätte ich nicht besser sagen können. Ich will nämlich weg von hier.«

»Willst du studieren?«

Anna nickte. »Aber ich weiß noch nicht, was ich machen soll. Ich kann gut zeichnen.«

»Dann kannst du ja auf eine Uni gehen, wo man so etwas studiert. Kunst, Zeichnen ...«

»Ja, vielleicht Architektur ...« Sie zuckte mit den Schultern. »Und du? Was willst du nach der Schule machen?«

»Ich such' mir wahrscheinlich einen Job.«

»Hier im Ort?«

»Gott bewahre, nein! Ich werde sicher auch weggehen ... ich weiß nicht, wohin oder was ich machen werde ... aber ich werde weggehen ...« Seine Stimme wurde immer leiser. »Das ist so sicher wie das Amen in der Kirche«, schloss er beinahe flüsternd.

Schweigen.

Sie trank einen großen Schluck Cola, streifte die Falten ihres Kleides glatt und lächelte. Dann begann sie von den Reisen zu erzählen, die sie schon gemacht hatte.

Die Pizzen wurden serviert und Antonio fühlte sich besser. Er mochte Anna, sie war nett. Er fühlte sich wohl an diesem Tisch.

Als er im *Muy Loco* ankam, war er sturzbetrunken.

Oscar wartete rauchend auf ihn an einem abgesonderten Tisch im hinteren Bereich der Bar.

»Bist du schon lange hier?«

Als Antwort verscheuchte er ein unsichtbares Insekt mit seiner Hand.

Das Pub war so gut wie leer. Hierher kam nie irgendjemand, Paolo hatte es ganz bewusst gewählt. Es bestand aus einem winzigen offenen Innenhof, über ihren Köpfen ein sternloser Himmel. Der Kellner, der gleichzeitig auch der Barkeeper und der Eigentümer war, kam und nahm ihre Bestellung auf. Ein Bier und zwei Tequila-Shots für jeden.

»Hat mich überrascht, deine Einladung«, sagte Oscar. Er spielte mit einer Serviette herum, riss sie in dünne Streifen und knüllte sie zusammen.

»War es eine schöne oder eine böse Überraschung?«

Er dachte nach. »Eine schöne, glaub' ich.«

Die Getränke wurden serviert.

Paolo hob sein klebriges und abgestoßenes Schnapsglas. Oscar wirkte verwirrt, stieß aber mit ihm an. Hinunter mit dem ersten. Hinunter mit dem zweiten. Zwischen ihnen schien die stillschweigende Übereinkunft in der Luft zu liegen, sich diesem Treffen nur mit einer großzügigen Dosis Alkohol im Körper stellen zu können.

»Du bist also weggezogen«, wagte sich Paolo vor.

»Vor zwei Jahren. Dort ist es anders.« Er riss wieder an der Serviette herum. »Die Leute, die Orte ... alles.«

Er lachte halbherzig. »Hier haben die Dinge die schlechte Angewohnheit, immer gleich zu bleiben.«

»Das ist mir aufgefallen«, gab Oscar lachend zurück. »Willst du auch wegziehen?«

Er schüttelte den Kopf. »Das ist nicht so leicht. Ich kann hier nicht einfach alles stehen und liegen lassen.«

»Natürlich, das versteh' ich, du hast einen Job hier.«

»Wenn es nach mir ginge, hätte ich schon längst gekündigt. Aber ich hab' hier das Haus, meinen Bruder und …«

… *was?*

Schweigen. Sorgfältig, schüchtern wägten beide ihre Gedanken ab.

»Ich hab' das von deinen Eltern gehört, tut mir leid«, wagte sich Oscar vor.

Als Antwort darauf kippte Paolo einen halben Bierkrug hinunter und bestellte zwei weitere Shots für jeden von ihnen.

»Entschuldige, ich wollte nicht …«

»Du brauchst dich nicht zu entschuldigen«, unterbrach er ihn. »Hier im Ort tun alle so, als sei nichts gewesen. Am Anfang haben sie einen Riesenskandal draus gemacht. Das Ganze ist mir dermaßen auf den Sack gegangen. Als es dann nichts mehr gab, worüber sie sich das Maul zerreißen konnten, haben sie es einfach vergessen. Wenigstens tust du nicht so, als sei nichts gewesen. Sagen wir mal so.«

Er hörte, wie die Worte aus seinem Mund kamen. Es war, als würde er nicht selbst sprechen. In seinem Kopf waren Türen aufgegangen. Türen, die jahrelang verschlossen geblieben waren. Oscar hatte die Schlüssel dafür und hatte sie alle weit aufgerissen. Dahinter waren dunkle Zimmer erkennbar. Diesem Idioten, der nur aus Lächeln und Nettigkeiten bestand, war es gelungen, ihn zu entblößen. Aber Paolo, der nackt vor ihm stand, fühlte sich nicht verletzbar. Was er spürte war Ruhe. Und das brachte ihn mehr als alles andere in Rage.

Die nächste Runde Getränke wurde serviert. Die Gläser klirrten, der Tequila löste sich in Luft auf. Der Barkeeper-Kellner-Eigentümer verschwand in einem Hinterzimmer. Der einzige andere Tisch, der besetzt gewesen war, hatte sich geleert: sie waren allein.

Paolo trank sein Bier aus und zündete sich eine Zigarette an. »Du hast gesagt, dass die Stadt anders ist ...« Er machte eine Pause, schluckte seine Befangenheit hinunter. »Bist *du* dort auch anders?«

Oscar schaute ihm direkt in die Augen. Mit seiner Zunge schob er etwas Speichel in seinem Mund herum, er grübelte über eine Antwort nach, die zu geben ihm schwerfiel. »Ja, auch ich bin dort anders.«

Hat er verstanden, was ich von ihm wissen will? Weiß er, wovon ich spreche?

Paolos Zunge lag ihm im Mund wie ein Stück Zement.

»Du bist der einzige Mann, den ich je angefasst habe. Danach habe ich nie mehr ... du bist der Einzige, mit dem ich etwas gehabt habe.«

Oscar kippte sein Bier hinunter und blickte ihn erneut an. »Wieso sagst du mir das?«

»Wir haben nie darüber geredet, was passiert ist. Und du bist der Einzige, der von dieser Sache weiß ...«

Er nickte, wie um zu zeigen, dass er es kapiert hatte, dass er ihn verstand.

»Wie alt waren wir damals? Sechzehn?«

»Sechzehn«, murmelte Oscar. »Ja.«

»Und in der Stadt ist so etwas irgendwie in Ordnung? Nicht wie hier im Ort?«

»Schwul sein?«

Bei diesem Wort zog Paolo sich zurück. Es war wie ein Fluch: gefährlich und grauenhaft.

»Wenn ich ehrlich sein soll, ist es kompliziert, aber es ist nichts Schlechtes daran, schwul zu sein.«

»Hör auf!«, zischte er mit zusammengebissenen Zähnen. »Hör auf, dieses Wort zu sagen!«

Stille. Bleierne Stille.

Oscar blickte ihn an, er schien entschlossen. »Magst du an einem ruhigeren Ort weiterreden?«

Als sie mit der Pizza fertig waren, kauften sie sich in der Bar auf dem Marktplatz ein Eis.

Die Piazza Cavour war voller Menschen. Ältere Leute in kleinen Grüppchen auf Parkbänken, die Arme auf ihre schlaffen Bäuche gelegt, die Augen fleckig vom grauen Star, beobachteten grimmig jeden Winkel der Piazza. Pärchen mittleren Alters, die Männer mit den Armen hinter dem Rücken, die Frauen einen leeren Kinderwagen vor sich herschiebend, schleppten sich in einer langsamen, todgeweihten Pendelbewegung hin und her. Kleine Cliquen von Jugendlichen, versammelt um die Flipper- und Spielautomaten, lachten höhnisch und hielten sich zu allem und jedem auf Distanz. Kleine und sehr kleine Kinder rannten herum wie in einem Fieberwahn. Ein Schwarzer verkaufte Luftballons und irgendwelchen

Krimskrams. In einigen Verkaufsständen weiter hinten gab es Bonbons, Süßigkeiten und Spielzeug.

Antonio fand dieses Panorama langweilig, aber irgendwie auch beruhigend. Neben ihm erzählte Anna, wie sie sich einmal beim Skifahren ein Bein gebrochen hatte. Ihm gefiel die Art, wie sie diese Geschichten mit ihm teilte. Sie tat es nicht, um anzugeben oder so etwas, es schien, als wollte sie ihn wirklich daran teilhaben lassen.

Sie hörten, wie Annas Name gerufen wurde, und drehten sich um. Floriana, Martina und Benedetta kamen auf sie zu. Sie staksten auf ihren hohen Absätzen herum wie schlecht dressierte Affen. Sie waren betrunken, ausgelassen, in ihren sehr kurzen Miniröcken und hautengen Tops.

»Wo geht ihr denn hin?«, zwitscherte Anna.

»Ins *Miami*«, antwortete Floriana. »Heut' Abend wird getanzt! Himmel, ich bin hackedicht!«, lachte sie.

»Wieso kommst du nicht auch mit?«, sagte Martina. »Das wird ein Riesenspaß!«

»Ja, Annuccia, komm schon!«, forderte sie Benedetta auf, die am betrunkensten von allen war.

»Ich bin mit Antonio unterwegs«, antwortete Anna, nahm ihn am Arm und zwang ihn, einen Schritt nach vorne zu gehen.

Zunächst wehrte er sich ein wenig, dann ließ er es geschehen. Er war sich sicher, dass er knallrot im Gesicht war und dass seine Ohren und Wangen glühten. Er war doch kein Zirkustier. Sie führte ihn hier vor wie ein seltsames und erbärmliches kleines Tier.

»Du bist mit *ihm* hier?«, sagte Benedetta und lächelte.

»Hör auf!«, quiekte Anna, wobei sie errötete.

Benedetta hatte einen seltsamen Tonfall verwendet. Als wäre sie erschüttert, ihre Freundin in Gesellschaft von jenem *ihm* zu sehen, von dem sie gesprochen hatte wie von einem Straßenköter.

»Was macht ihr miteinander?«, fragte Martina und warf ihm einen Blick zu.

Keine Antwort.

»Seid ihr allein unterwegs?«

Immer noch nichts.

Die drei kicherten einstimmig, wie Roboter, die alle von demselben Wesen gesteuert werden.

Sie machten sich über ihn lustig. Dessen war sich Antonio sicher.

»Hört auf!«, warf Anna ein, ohne es ernst zu meinen. Sie war rot im Gesicht und bemühte sich, nicht selbst loszulachen. »Kommt schon, hört auf ... kommt schon!«

Antonio senkte den Blick.

Er war sich alle seiner Makel bewusst, selbst jener, mit denen er nicht behaftet war, am liebsten hätte er sich gehäutet und von jener Haut befreit, die er wie ein Erkennungszeichen seiner Schändlichkeit am Leibe trug. Anna blickte ihn verlegen an, dann lächelte sie. Er hatte den Eindruck, dass sie ihn mit ihren Blicken um Verzeihung bitten wollte.

»Hast du dir das Abendessen zahlen lassen?«, rief Benedetta, und sie lachten erneut.

Antonio verspürte den Drang, sie zu schlagen. Fausthiebe und Fußtritte.

Sein Herz ging schneller. Seine Hände kribbelten. In seinem Kopf drehte sich alles.

Das wilde Tier war erwacht.

Er wurde sich dessen bewusst, sobald diese Gedanken von ihm Besitz ergriffen. Das gestaltlose Wesen, das sein Herz bewachte, sein Überlebensinstinkt, der fest in ein Gewirr aus Hass verflochten war, brüllte los, bereit zum Kampf.

Doch dann merkte er, wie er plötzlich fortgezogen wurde, ohne Einwand erheben oder auch nur daran denken zu können. Anna hatte ihn beim Handgelenk gepackt und von ihren Freundinnen entfernt. Die beiden hockten sich auf eine Bank hinter der Piazza, wo es ruhiger und dunkler war, geschützt von Pinien und Klebsamensträuchern. Er zündete sich eine Zigarette an, sie begann, unsichtbare Falten in ihrem Kleid glattzustreichen.

»Entschuldige ...«, murmelte sie. »Sie sind ... na ja, eben speziell.«

»...«

»Aber sie meinen es nicht böse, und es tut mir leid, wenn sie dich beleidigt haben. Sie sind halt ...«

»Warum bist du mit ihnen befreundet?«

Anna zuckte mit den Schultern.

»Du solltest dich nicht einfach mit dem zufriedengeben, was dir widerfährt.«

»Was willst du damit sagen?«

Jetzt war er es, der mit den Schultern zuckte. »Dass du besser bist als diese drei.«

Sie blickten einander tief in die Augen. Dann näherten sie sich langsam und küssten sich. Antonio spürte, wie sich ihre weichen Lippen auf seine stürzten, wie sich ihre nasse Zunge den Weg in seinen Mund bahnte.

Sie küssten sich immer stürmischer, sie stöhnte leise, und plötzlich waren sie auf den Beinen. Anna ging zu einer hohen, stattlichen Pinie, er folgte ihr. Sie schob ihr Kleid hoch, er zog seine Jeans und Unterhose aus und spürte, wie ihre Hand sofort auf die Suche ging, seinen Penis packte und ihn masturbierte.

Sie taten es gegen den Baumstamm. Sie war noch Jungfrau, das merkte Antonio sofort, sagte jedoch nichts. Als sie fertig waren, zogen sie sich in künstliches Schweigen gehüllt an und setzten sich wieder auf die Bank.

»War es …«, versuchte er es, konnte den Satz jedoch nicht zu Ende bringen.

Sie nickte.

»Ich meine, hat es dir gefallen?«

Sie nickte.

»Ich weiß nicht, vielleicht hab' ich dir wehgetan … ich weiß nicht … also, war es gut?«

Sie nickte. Nickte. Nickte. Dann begann sie zu weinen.

Antonio wusste nicht, was er tun sollte. Er fragte sich, ob es seine Schuld sei, ob er etwas falsch gemacht habe, und verspürte den Drang, sie zu umarmen und zu küssen. Er näherte sich ihr und legte seinen Arm um ihre Schulter, aber sie entzog sich ihm und unterdrückte ihr Schluchzen. Er trat zur Seite.

»Anna, ich …«

»Es ist nicht deine Schuld«, heulte sie. »Wirklich, das meine ich wirklich so«, stammelte sie und es gelang ihr, ihm in die Augen zu blicken. »Du hast wirklich … nichts. Es ist gut so, wirklich, aber ich will, dass du jetzt gehst.«

»…«

»Wärst du so nett? Ich will, dass du gehst.«

»Du willst, dass ich gehe.«

»Ja … ja, geh jetzt.«

Antonio blieb unbeweglich stehen, seine Arme hingen ihm an der Seite herab. »Aber …«

»Geh. Jetzt.«

»…«

»…«

»Schlampe. Du bist genauso eine blöde Schlampe wie alle anderen.« Er wandte sich um und ging.

Mit großen Schritten überquerte er die Piazza, den Blick gesenkt, die Hände zu Fäusten geballt.

Er stieg auf den Boxer und machte sich auf den Heimweg.

Hatte Anna sich nur mit ihm getroffen, um ihn zu erniedrigen? Ihm etwas vorzuspielen, damit er sich wie ein Stück Scheiße vorkam? Antonio verstand es nicht. Er konnte es nicht begreifen. Und eine gefährliche Wut begann sich in seiner Brust breitzumachen. Wurde größer. Und größer. Und größer.

Dieser Zorn verwandelte ihn.

Er verspürte den Drang, zu duschen.

Er sah sich selbst, wie er durch den Flur ging, in der Küche flackerte das Licht des Fernsehers.

Er sah sich selbst, wie er über die Schwelle in den Raum trat, nichts bewegte sich.

Er sah sich selbst, wie er seinen Vater anstarrte, der sternhagelvoll am Boden lag.

Er sah sich selbst, wie er sich ihm auf Zehenspitzen näherte, sein Herz raste.

Er sah sich selbst, wie …

Es reicht. Bitte, hör auf. Ich kann nicht mehr. Hör auf. Hör auf. Hör auf.

Wo war seine Angst? Wo war sein Schmerz? Die wollte Antonio jetzt.

Paolo fuhr zu den brachliegenden Feldern, Oscar in seinem Panda hinter ihm her. Dieses Stück Land war genau der richtige Ort. Dort würde sie niemand stören und niemand würde …

… würde was?

Er war verwirrt. Er führte seine Handlungen aus wie ein Roboter.

Er parkte auf dem Schotterweg, Oscar tat es ihm gleich. Sie gingen in einen Hain uralter Olivenbäume. Schmerzhafte Zeugen ihres sich im Zerfall befindlichen Daseins. Sie setzten sich auf die trockene Erde. Das Blattwerk war dicht, ließ jedoch das Mondlicht noch durch. Paolo drehte den Verschluss der Wodkaflasche auf, die er mitgebracht hatte. Kochend heiß, halb voll. Überbleibsel jener Nacht, die er mit dem Hund verbracht hatte. Er nahm einen großen Schluck und reichte die Flasche an Oscar weiter. Die Welt um sie herum hatte aufgehört zu existieren. Tiefe Stille.

»Du warst mein Erster«, sagte Oscar.

»…«

»Ich wusste schon, was ich war, natürlich. Aber du … an diesem Abend, als wir sechzehn waren, hast du mir geholfen, einen Haufen Dinge zu verstehen.«

»Findest du es nicht widerlich?«, brachte Paolo hervor, jedes Wort ein Felsbrocken.

»Was?«

»Was wir getan haben.«

»Das ist, was wir sind ... unsere Natur. Und die Natur hat immer ihre eigene Schönheit.«

»Dann ist das, was wir sind, ein Fehler«, nuschelte Paolo. »Wir sind Fehler.«

»Kommst du dir so vor? Wie ein Fehler?«

»Ich komme mir anders vor. Krank. Unvollständig.«

»Weil du nicht so lebst, wie du wirklich bist.«

»Aber ich weiß doch gar nicht, wie ich wirklich bin.«

»Das weiß niemand mit Sicherheit.«

»Und was soll ich jetzt tun?« Paolo sehnte sich nach einer Antwort, er betete, dass ihm jemand den Weg wies, ihm erklärte, was er tun sollte, ihn von jeglicher Verantwortung befreite.

»Das kann ich dir nicht sagen. Das musst du selbst herausfinden.«

»Blödsinn. Du musst mir das sagen.«

»Warum?«

»Weil es deine Schuld ist, dass ich krank bin.«

»Du hast Angst vor dem, was du bist, Paolo. Du willst jemand anderem die Schuld für eine Sünde geben, die es gar nicht gibt. Du willst dem Dämon ein Gesicht geben, der dich deiner Ansicht nach verdorben hat. Aber so ist es nicht.«

»Doch, so ist es.«

»Nein, so ist es nicht. Du bist dein eigener Dämon. Und das wirst du so lange sein, bis du dir das eingestehst.«

»Du bist mein Dämon.«

Paolo küsste ihn und Oscar erwiderte den Kuss.

Nichts existierte mehr. Alles war Vergessen.

Sein Mund, sein Geruch, seine Wärme. Paolo nahm alles wahr, fühlte sich zum ersten Mal lebendig. Er legte ihm eine Hand in den Nacken und zog ihn an sich, voller Begierde, ihn am ganzen Körper zu spüren. Er wollte, dass er ein Teil von ihm würde, wie ein einziges Wesen. Er nahm sein Gesicht in die Hände und versenkte die Zunge in seinem Mund. Mit den Fingern fuhr er ihm über den Hals. Er packte ihn an den Haaren. Ging auf die Knie und schlang seine Arme und Beine um ihn. Streichelte seinen Rücken, presste die Brust auf seinen Bauch.

Schneller Atem, feuchte Lippen, brennende Haut.

Er spürte ihn intensiv. Er war real.

Als sie sich voneinander lösten, war Paolo trunken von seinem Geschmack. High von seinem Geruch. Seine Nase berührte immer noch Oscars Nase, und er merkte, wie sich seine Augen mit Tränen füllten. Sein ganzes Leben würde er eingesperrt in eine zerbrechliche Hülle verbringen. Die Tiefen, in die er in dieser Nacht vordrang, würde er nie wieder auch nur annähernd erreichen können. Er würde stets an der Oberfläche wandeln, auf ein Ziel hin, das es nicht gab. Auf Zehenspitzen, aus Angst davor, die Hülle seiner Verstellung zu zerstören, die zu durchbrechen er nicht den Mut hatte. Dieses Bewusstsein war eine Verurteilung.

Das Weiße in Oscars Augen glänzte in der Nacht, wie eine Oase in einem dunklen Nichts. Paolo dachte, dass er dort Zuflucht finden könnte. In diesem Blick zu sich selbst kommen und in diesem Menschen leben könnte.

Dann nahm er die Wodkaflasche und zog sie ihm über den Kopf.

Oscar hatte keine Zeit, zu reagieren. Er fiel auf den Rücken, mit zitternden Händen betastete er panisch sein Gesicht. Paolo setzte sich auf ihn, fixierte seine Arme und schlug ihm mit der Faust ins Gesicht. Wieder. Und wieder. Und wieder. Er spürte etwas Warmes und Nasses an seinen Händen. Oscar blutete aus Nase und Mund. Er hatte ihm die Zähne eingeschlagen, auf der Stirn klaffte eine tiefe Wunde. Oscar wand sich, stampfte auf die Erde. Er schlug ihn erneut, dieses Mal auf den Kopf, und Oscar bewegte sich nicht mehr. Er war ohnmächtig geworden.

Der Dämon war besiegt. Seine Sünden würden ihm nicht mehr verlockend zulächeln.

Er saß immer noch rittlings auf ihm und blickte ihn regungslos an. Er betrachtete ihn. Und er fragte sich, wieso er ein Löwe sein konnte, wenn es ums Kämpfen ging, aber nur ein Hase, wenn er jemanden liebte.

Er streichelte ihn, wobei er dunkelrote Striemen auf seiner blassen Wange hinterließ. Er fuhr ihm über die Lippen. Steckte ihm zwei Finger in den Mund. Berührte seine heiße Zunge.

Er beugte sich hinab und küsste ihn auf die Stirn.

Erst da merkte er, dass sein Gesicht tränenüberströmt war. Paolo weinte.

Antonio kam spät nach Hause.

Auf dem Heimweg hatte er noch einen Stopp eingelegt und in einer verlassenen Parkbucht einen Joint geraucht.

Er hatte geweint und das war befreiend gewesen. Das wilde Tier hatte sich mittlerweile wieder in seine Felsspalte zurückgezogen. Jetzt war er allein. Wieder einmal. Er hatte sich angeschaut. Das Hemd in die Hose gesteckt, die Schnürsenkel zu perfekten Schleifen gebunden. Und er hasste sich dafür. Er war wieder einmal darauf hereingefallen. Er hatte sich geöffnet, und man hatte ihn in den Arsch gefickt. Wie dumm er gewesen war, zu hoffen, dass Anna ...

... dass sie was?

Er wusste selbst nicht, was er gehofft hatte.

Er parkte den Boxer und sah auf dem Weg zur Haustür sein Spiegelbild im Fenster des Punto. Er konnte nur seine Umrisse erkennen, als trüge er ein dunkles Kostüm. Er blickte sein Spiegelbild lange an und fragte sich, was er wohl am folgenden Tag zu sehen bekäme, wenn er sich bei Tageslicht wieder betrachten würde.

Er ging in die Küche. Das Glimmen einer Zigarette schwebte im Dunkeln.

»Bleib stehen. Kein Licht.« Paolos Stimme klang heiser.

Antonio setzte sich zu ihm und zündete sich auch eine an. »Beschissener Abend?«

»Bestens. Deiner?«

»Perfekt.«

Sie rauchten schweigend zu Ende. Dann ging jeder auf sein Zimmer.

Paolo blieb bis in die Morgenstunden wach.

Das Leintuch bis zum Kinn gezogen starrte er regungslos an die Decke. Es waren über dreißig Grad, aber ihm war kalt. Erst im Morgengrauen, als sich das Zimmer orange färbte, schloss er die Augen und schlief ein.

Sandro Acquicella legte den Hörer auf und starrte geistesabwesend vor sich hin.

Das Bellen des Nachbarhundes ließ ihn zusammenzucken. Er schlurfte über den Flur und schielte ins dunkle Schlafzimmer: Elvira schlief. Wie sie so auf dem Rücken ausgestreckt dalag, ihr Bauch aus dem lilafarbenen Nachthemd quellend wie Brotteig aus einer übervollen Backform, sah sie aus wie ein gestrandeter Wal.

Seit ihre Tochter Caterina bei ihrem neuen Freund in Deutschland war, der zwanzig Jahre und eine Ehe mehr auf dem Buckel hatte als sie, schlief seine Frau den ganzen Tag. Sie hatte Depressionen. Oder zumindest sagte das Steppapane, der Psychiater, bei dem sie in Behandlung war. Stefano zufolge suchte sie einfach nur Aufmerksamkeit und hatte deshalb beschlossen, diese Schmierenkomödie zu inszenieren. Mit vielen Tränen, Geschrei und Migräneattacken. Und natürlich war er der arme Wicht, der sich um sie kümmern musste.

Sie war schon immer aggressiv gewesen, aber mit der angeblichen Depression war es dann noch schlimmer geworden. Sie ließ ihn nur noch aus dem Haus, um zur Arbeit zu gehen. Wenn er zu spät nach Hause kam, konnte es vorkommen, dass sie ihm eine Ohrfeige verpasste. Sie kontrollierte seine Nachrichten. Sie warf Geschirr und kleinere Einrichtungsgegenstände nach ihm, wenn er es wagte, ihr gegenüber ungehorsam zu sein. Das war also das Leben von Sandro Acquicella mit fünfundfünfzig Jahren, und im Grunde, das sagte er sich auch immer selbst, war das absehbar gewesen. Von frühester Kindheit an war sein Dasein von einem ständigen Konflikt mit Personen gekennzeichnet, die stärker waren als er und ihn unterdrückten. Und wieso hätte sich das mit den Jahren ändern sollen?

Zu seinem eigenen Glück hatte er keine hohen Ansprüche.

Quizshows im Fernsehen, eine Pizza Margherita mit Salami und ein Moretti waren ihm genug. Das waren die Zaunpflöcke des Geheges, in dem er sich eingeschlossen hatte. Er brauchte nicht viel, um zufrieden zu sein; nicht unbedingt glücklich, aber immerhin unbeschwert. Und dieses gesegnete, verfluchte Gehege hatte er stets akzeptiert. Eine beruhigende Koppel, die er nie verlassen hatte. Bisher hatte sie ihm immer genügt, ahnungsloser Gefangener, der er war, aber am Nachmittag zuvor war er dann ausgebrochen.

Gerade erst war seine Mutter gestorben. An einem Herzinfarkt. Man hatte sie im Bett gefunden, mit groben Wollstrümpfen an den Beinen, mitten im August. Sandro hatte gedacht, dass er darauf vorbereitet wäre, musste aber feststellen, dass dies nicht der Fall war. Weder in emotionaler noch in praktischer Hinsicht. Und in letzterer waren seine beiden Neffen, Antonio und Paolo, das größte Problem. Sollte er ihnen Bescheid geben? Ihnen von der Beerdigung erzählen? Er hatte sie seit zehn Jahren nicht mehr gesehen. Vielleicht hatten sie ihn ja auch vergessen. Ganz zu schweigen von all den Lügengeschichten, die Stefano ihnen aufgetischt haben musste. Der war wirklich ein Nichtsnutz gewesen. Alkoholiker, gewalttätig und ein pathologischer Lügner. Elvira sagte, dass der Apfel nicht weit vom Stamm fallen konnte. Dass sie mit seiner, mit Sandros Familie nichts mehr zu tun haben wollte. Und sie sagte, dass Antonio und Paolo ihn über den Tisch ziehen würden, wenn er sie zur Beerdigung einlüde. Wie sie es alle taten. Wie Stefano es getan hatte.

Sein Bruder hatte ihm zehntausend Euro gestohlen. Ernsthaft. Er hatte sie ihm wirklich gestohlen. Darauf bezog sich seine Frau. Er sprach nie darüber. Diese Geschichte schmerzte ihn selbst jetzt, nach so vielen Jahren, immer noch. Obwohl sein Bruder tot war. Obwohl er sich aus Geld eigentlich nichts machte. Elvira aber zerrte diese Geschichte in beinahe regelmäßigen Abständen immer wieder hervor. Als wollte sie weiterhin Salz in seine Wunde streuen.

»Du wirst dich nur wieder um den Finger wickeln lassen. Wie immer. Du bist einfach ein Schlappschwanz, diese Hyänen können jemanden wie dich am Geruch erkennen und sie fressen dich bei lebendigem Leib! Wag es ja nicht, die beiden anzurufen. Wag es ja nicht!«

Er hatte sie angerufen.

Er war Elvira gegenüber ungehorsam gewesen. Er war aus seinem Gehege ausgebrochen.

Er hatte mit Antonio, dem Jüngeren, gesprochen und sofort eingesehen, dass er die richtige Entscheidung getroffen hatte. Sie waren doch nur kleine Jungs. Sie hatten keinerlei Schuld auf sich geladen. Und es wäre ungerecht, wenn die Sünden ihres Vaters auf sie zurückfielen.

Er setzte sich in seinen Sessel und starrte die weiße Wand an.

Caterina würde nicht mehr zurückkommen aus Deutschland, und er fühlte sich zu Hause mit seiner Frau immer einsamer. Er wollte jemanden haben, der sich im Alter um ihn kümmerte. Er merkte, wie er langsam abbaute, dem Verfall preisgegeben wurde. Und je öfter er daran dachte, desto öfter dachte er an Antonio und Paolo. An das Blut seines Blutes. Sobald Elvira aufgestanden war, würde er es ihr sagen. Er würde sich ihr entgegenstellen. Erhobenen Hauptes.

Er würde es für seine Neffen tun.

Sie retten, um Buße zu leisten für sein erbärmliches Leben.

Antonio stellte den Boxer auf dem Gartenweg ab und klopfte.

»Da bist du ja endlich, verdammt!«, empfing ihn Italo.

In dem alten Bauernhof war es kühl. Auf dem Boden ein dicker, wohlriechender Teppich. An den Wänden Bilder mit exotischen Motiven und üppigen Pflanzen, die bis zur Decke reichten. In den Regalen Dekoartikel, Fotos und ordentlich gereihte Bücher. Hinter der Fensterfront Oliven- und Mandelbäume, so weit das Auge reichte. Das Land ringsum verlassen und still. Im Wohnzimmer stand vor dem Fernseher und dem Kamin ein Sofa. Dahinter befand sich die Küche, im Stockwerk darüber waren die Schlafzimmer.

Es war Sonntag und beinahe Mittagessenszeit.

Antonio hatte das Haus auf Zehenspitzen verlassen, Paolo hatte noch geschlafen. Er hatte im Ort gehalten, um Brathähnchen und Pommes zu kaufen, und war hergefahren.

Der alte Bauernhof, sein bester Freund, ein Film und ein bisschen Gras: mehr brauchte er nicht.

Antonio setzte sich und baute die Joints. »Ich hab' jede Menge Gras reingetan.«

»Ich hab' Eis gekauft, das können wir als Nachtisch essen.« Italo nahm neben ihm Platz. »Ich hab' dich gestern Abend auf der Piazza gesehen. Ich hab' dich gerufen, aber du hast dich nicht mal umgedreht und bist sofort weitergegangen. Ich hatte sogar den Eindruck, du würdest vor mir weglaufen.«

Antonio erstarrte. »Ich hab' dich nicht gehört, tut mir leid ... da war so viel los.«

»Was hast du überhaupt dort gemacht?«

»Einen Spaziergang.« Er wollte ihm nicht von Anna erzählen.

»Einen Spaziergang?«

Er nickte.

»Allein?«

Er schnaubte.

»Du musst mir nicht unbedingt sagen, mit wem du da warst oder was du gemacht hast. Aber erzähl wenigstens keinen Scheiß.«

Antonio drehte die Joints fertig und blickte ihn an.

Ihm kam die Szene in den Sinn, die er vorm *Miami* gemacht hatte. Er hatte rumgeschrien. Er hätte beinahe zu flennen angefangen wie ein verzogenes Kind.

Und er hatte Sachen gesagt, die er später bereute. Er verstand es selbst nicht, was manchmal über ihn kam. Er kotzte dann unerträgliche Gedanken aus, die aus der Ansammlung kleiner, sinnloser Schmerzen emporkeimten, die er Tag für Tag hinunterschluckte.

Er musste ihm von Anna erzählen. Es wäre unfair gewesen, es nicht zu tun.

So berichtete er ihm alles. Er ging dabei jedoch nicht zu sehr ins Detail. Und nicht, weil er nicht gewollt hätte, sondern weil es ihm nicht gelang, sich an die Einzelheiten des Abends zu erinnern: eine Nebelbank versperrte ihm den Zugang zu diesem Bereich seines Gehirns. Sein Bericht war unzusammenhängend und befremdlich.

Italo wirkte irritiert. »Du hast sie nicht mehr alle.«

Antonio erwiderte nichts.

Sie machten es sich auf dem Sofa bequem, schalteten MTV ein und zündeten die Joints an. Eine Weile lang sagten sie nichts. Über ihnen sammelten sich Rauchschwaden.

»Meinst du, ich hab's verbockt?«, brachte Antonio schließlich hervor.

»Ja.«

»Verdammt ...« Er nahm einen Zug und stieß ein gräuliches Wölkchen aus. »Genau das ist mein Problem.«

»Du meinst, dass du immer übertreibst?« Es klang so, als wollte er eine Bestätigung bekommen für eine Gewissheit, die er bereits besaß.

Das war es, was er meinte, ja, aber aus Italos Mund klangen seine Makel, seine Ecken und Kanten, seine

Unvollkommenheiten allzu schroff in seinen Ohren. Antonio zwang sich dazu, die Frage zu bejahen. »Also, eigentlich *übertreibe* ich nicht ...«

»Doch, das ist genau das, was du tust, du übertreibst«, lachte Italo.

»Ich lebe eben irgendwie *intensiver*.«

»Und was soll das heißen?«

»Was weiß ich ...« In Antonios Kopf ergab dieser Gedanke Sinn, funktionierte, aber er hätte ihn nicht in Worte fassen können. »Sagen wir mal so, ich empfinde alles intensiver.«

»Du hast also mehr Gefühle als andere?«

»Hm, ja ... so irgendwie.« Er hielt inne, dieser Gedankengang kam ihm verrückt vor. »Glaubst du, dass ich wahnsinnig bin?«

»Ich glaube, dass du dich einfach nur für allzu anders hältst.«

Als Antwort darauf warf Antonio ihm einen schiefen Blick zu.

»Du bist zu unsicher. Deshalb bist du paranoid, und dann explodierst du.«

»Das hab' ich nicht verstanden.«

»Wie kann ich das erklären?« Italo zog auf die seltsame Art jener Menschen, die keine Zigaretten rauchen, an seinem Joint. »Du bist überzeugt davon, dass du anders bist. Dass die anderen dich nicht verstehen können. Und deshalb fühlst du dich einsam. Aber obwohl du dich einsam fühlst, gelingt es dir nicht, anderen Leuten zu vertrauen. Weil du Angst hast, in den Arsch gefickt zu werden, und weil du glaubst, dass niemand dich mag. Deshalb erschrickst du. Du hast dich nicht unter Kontrolle und regst dich über die Leute auf, die dir nahekommen. Greifst sie an, oder so ...« Er nahm einen weiteren Zug und blies den Rauch aus. »Hast du verstanden, was ich meine?«

Antonio schloss die Augen. Atmete tief ein. Öffnete sie wieder.

Es war, als hätte die Wahrheit alles durchdrungen, als hätte sie die Dämme der Täuschung durchbrochen, die sie zuvor in Zaum gehalten hatten. So standen die Dinge also: er war der Böse. Die faule Stelle, die alles um sie herum in Mitleidenschaft zog. Das war er. Er und sonst niemand. Und er war es immer gewesen. Der morsche Ast, den man abschneiden musste. Die verfaulte Wurzel, die man ausreißen musste.

Er blickte auf seine Hände. Es war, als sähe er sie zum ersten Mal.

Er wandte sich Italo zu, und er dachte, dass dieser Mitleid mit ihm hatte, ihn gleichzeitig aber auch beneidete. Verflucht von der ganzen Liebe, die ihm zuteilgeworden war, berührte ihn die Welt nicht mehr. Er lebte in seinen Höhen, auf dem Gipfel eines Berges.

Eine Stunde später renkten sie sich auf dem Sofa vor Lachen die Kinnlade aus und spuckten Hähnchenstücke und Pommes herum. Die Joints hatten ihre Arbeit getan.

»Glaubst du, aus der Sicht eines Krebses können Fische fliegen?«, fragte ihn Italo. Seine Augen glühten wie ein Stück Kohle, im Gesicht stand ihm ein dümmliches Lächeln. »Fische sind die Superhelden des Meeres.«

Antonio lachte, bis er Bauchschmerzen bekam.

»Ich mein's ernst!«, rief er. »Wenn du drüber nachdenkst, macht es Sinn.«

»Nein, das macht es nicht.« Er konnte nicht mehr aufhören zu lachen.

»Doch!«

»Nein!«

»Krebse sind doch immer an den Felsen, richtig? Und die Fische schwimmen über ihnen im Wasser, richtig? Und für sie ist das Wasser das, was für uns die Luft ist, richtig?« Sein Mund war verklebt, er nuschelte stark und dehnte die Vokale in die Länge. »Also ist es doch klar, dass ein Krebs, wenn er einen Fisch vorbeischwimmen sieht, denkt, dass der fliegt. Das ist eine Frage der Perspektive!«

Antonio hielt inne: vielleicht hatte Italo wirklich nicht ganz unrecht.

»Drehen wir uns noch einen, dann nehmen wir Papas Gewehre und schießen auf die Bäume«, schlug Italo vor.

»Ich will schwimmen!«, beklagte sich Antonio. Hinter dem Haus stand ein Swimmingpool.

»Jawohl, mein Herr, wir gehen auch schwimmen.«

Antonio umarmte ihn. Die Joints ließen ihn emotional werden.

Du hast also mehr Gefühle als andere?

Und für Italo empfand er etwas so Großes, dass er sich selbst ganz klein vorkam.

»Also drehen wir uns noch einen?«

»Ja, aber wie es sich gehört, jetzt. Gib mir das Gras, komm schon.«

Antonio lag müßig auf dem Sofa und lächelte. Er verspürte ein Gefühl der Vollständigkeit und sehnte sich nach nichts anderem mehr. Zum ersten Mal, seit er denken konnte, *sehnte* er sich nach nichts. Er war einfach nur. An sich war an diesem Haus und an dem, was ihn umgab, nichts Außergewöhnliches. Ihm kam es aber wie ein unglaubliches Spektakel vor. Eine sanfte Schönheit, an die man sich schmiegen konnte, ohne Angst haben zu müssen, dass man fiel.

Die Luft stand. Die Sonne sank, ihr rötliches Licht klammerte sich an die Wände, an die Möbel, an sie selbst. Als wollte der Tag nicht enden.

Zuerst begannen die Hügel zu leuchten, die übersät waren mit den Gerippen der von den sommerlichen Feuern verzehrten Büsche. Dann die Felder, mit den Schatten der Bäume, die größer wurden und ihre Krallen in die Erde versenkten. Und zuletzt die Straßen, Häuser und Menschen.

Als die aufgehende Sonne das Haus der Acquicellas erfasste, waren die beiden Brüder schon wach. Paolo wühlte in einem großen Karton ganz hinten im Kleiderschrank, er suchte seinen guten Anzug. Vorsichtig, als würde er eine Leiche transportieren, legte er ihn aufs Bett und schaute ihn an.

»Das ziehen wir immer nur zu Beerdigungen an.« Antonio stand in der Tür, er trug seinen Anzug. Er stand ihm gut, dachte er: ein bisschen eng vielleicht, aber das ließ ihn erwachsen aussehen.

Wenn Paolo hingegen auf seinen blickte, schien es ihm, als habe er einen Leichnam vor sich liegen. Der

Gedanke, ihn anziehen zu müssen, ließ ihn erschaudern. »Wenn ich einmal sterbe, dann zieh mir ja nicht dieses Ding an, im Sarg. Gib das ganze Geld für einen neuen Anzug aus und begrab mich darin. Okay?« Dieses Kleidungsstück war mit dem Schmerz getränkt, mit dem es in Kontakt gekommen war, hatte ihn mit jeder Faser seines Stoffes aufgesogen.

»Ich mach' Kaffee. Beeil dich.«

Eine halbe Stunde später saßen sie im Auto und fuhren in die Stadt, Paolo am Lenkrad.

Camporotondo war verlassen. Heruntergezogene Rollläden, verriegelte Fenster. Der Ort wirkte wie ein riesiges Pulverfass, das jederzeit explodieren konnte. Die Morgensonne färbte die Hauswände mit einem warmen Orangeton, es regte sich kein Lüftchen. Die Brüder rauchten die erste Zigarette des Tages und verharrten in einem zwanghaften Schweigen. Paolo fand diese Stille bedrückend, aber er hätte sich lieber ins Bein geschossen, als ein Wort zu sagen. Plötzlich, sie waren schon auf der Autobahn, er drückte das Gaspedal durch, schien in ihm ein Schalter umgelegt worden zu sein. Er verspürte den Drang, umzudrehen. Er wollte zurückfahren, sich im Ort verkriechen und zu Hause verstecken. Hinter zweifach, dreifach, vierfach zugesperrter Haustür.

Er hatte sich immer schon zu groß gefühlt für Camporotondo. Wie ein Riese, dem man Arme und Beine zusammengebunden hatte, damit er sich nicht seiner Natur gemäß entwickelte. Jetzt aber, da sich das Auto auf die Grenzen dieses Gefängnisses zubewegte, machte er sich in die Hose. Der Horizont, der sich paradoxerweise immer weiter entfernte, verhöhnte ihn. Und er selbst wurde immer kleiner.

Er unterdrückte seine Angst und zwang sich, weiterzufahren.

»Wie lang noch?«, fragte Antonio und gähnte.

Die Autobahn, eine gräuliche Narbe zwischen den von Flughafer überwucherten Landstrichen, war so gut wie leer. Der alte, müde Punto kämpfte damit, auf ein anständiges Tempo zu kommen.

Hätten wir ein richtiges Auto, wären wir gleich da, dachte er. »Wir sind gerade erst losgefahren.«

»Stört es dich, wenn ich schlafe?«, fragte Antonio und drehte sich auf seinem Sitz zur Seite. »Nur eine halbe Stunde.«

Er schlief die ganze Fahrt über. Paolo fuhr schweigend dahin, sein Gehirn stand still. Die Fenster waren heruntergelassen, das Radio aufgedreht.

Die Stadt war so, wie Paolo sie in Erinnerung hatte. Er erkannte sogar die Eisdiele wieder, bei der sie mit ihren Eltern immer haltgemacht hatten. Eingezwängt zwischen ein versifftes Lebensmittelgeschäft, ein buntes Gewirr aus Essen und Waschmitteln, und ein heruntergekommenes Hotel, das *Grand Fillmore*. Sie sah noch genauso aus wie vor zehn Jahren. Er und Antonio hatten immer Schokoladeneis genommen, aber trotzdem zuerst die gesamte Auslage überprüft, woraufhin Stefano geflucht und ihnen befohlen hatte, sich zu beeilen. Am Ende hatte ihr Vater dann, um sich seine Verärgerung nicht anmerken zu lassen, den Eisverkäufer gebeten, noch ein paar Waffeln dazuzugeben.

Paolo verspürte keinerlei Nostalgie, dieser Ort war so kalt wie alle seine Kindheitserinnerungen. In all den Jahren hatte er sich bemüht, diese fauligen Wurzeln auszureißen, aber es war ihm nicht gelungen, die Erinnerungen selbst auszulöschen, er hatte sie nur abtöten können. Und so standen jetzt deren Leichen vor ihm, nutzlos und schweigsam.

Er stellte das Auto auf einem Behindertenparkplatz ab, stieg aus und streckte sich. Sein Bruder blickte sich um, das Hemd zerknittert, die Krawatte schief.

»Alles gut?«

Antonio nickte.

»Sicher?«

Er brauchte ein paar Sekunden, um zu antworten. »Ich hab' Angst.«

»Angst wovor?«

»Einfach nur Angst.« Er zuckte mit den Schultern. »Du brauchst nichts sagen. Ich weiß, dass es keinen Grund dafür gibt, aber ich hab' trotzdem Angst. Versuch ...« Er schnaubte und trat in den Staub. »Versuch einfach, es zu akzeptieren. Du musst mich nicht unbedingt verstehen. Okay?«

Paolo ging zu ihm und richtete ihm Hemd und Krawatte. Er legte ihm einen Arm um den Hals und zog ihn zu sich. »Ich bin bei dir und du bei mir. Für immer.«

Auf den Steinstufen stand eine größere Gruppe schwarz gekleideter Menschen.

Antonio musterte sie einen nach dem anderen auf der Suche nach einem bekannten Gesicht. Währenddessen ging er langsam weiter, seine Muskeln waren wie aus Holz. Die Kirche warf einen grüblerischen Schatten auf die kleine Piazza. Vor der Menschenmenge stand ein langes graues Auto mit getönten Scheiben und einem Blumenkranz an der Seite.

Antonio hielt inne. Ohne stehen zu bleiben, schob Paolo ihn mit einem Arm weiter.

Ältere Frauen mit einem Taschentuch in der Hand, einem Rosenkranz an den Lippen und Tränen in den Augen murmelten vor sich hin und schüttelten den Kopf. Schlaffe Kleider, schneeweiße Haare, dicke Ehemänner an ihrer Seite. Ein paar Personen mittleren Alters, Männer und Frauen mit großen Sonnenbrillen, standen etwas abseits und wirkten eher verlegen als traurig.

Die beiden Brüder stellten sich an den Rand der Menschenansammlung. Antonio glühte, gefangen im Jackett seines zweireihigen Anzugs. Seine Achseln trieften vor Schweiß, aber da sein Hemd nicht an seiner Haut kleben blieb, verursachte ihm der nasse Stoff bei jeder Bewegung aufs Neue ein unangenehmes Gefühl.

»Was sollen wir tun?«

»Wir tun nichts. Was sollen wir schon tun?«, zischte Paolo.

Jeder Atemzug bereitete ihm Schwierigkeiten. Die Luft war hart, seine Brust schwer. In seinem Kopf drehte sich alles, etwas Säuerliches versuchte, seine Speiseröhre hochzusteigen. Antonio schluckte seine Tränen hinunter, und als er sich gerade der Panik hingeben wollte, hörte er, wie jemand seinen Namen rief. Vor ihnen stand ein Kerlchen um die fünfzig. Klein und untersetzt. Seine Glatze war von einem schütteren, grau melierten Haarkranz umgeben und von Schorf und rosa Flecken übersät. Sein Gesicht glänzte vor Schweiß, unter seiner Knollennase trug er einen grässlichen kleinen Schnauzbart, seine Augen saßen tief in seinem Schädel. Antonios Herz setzte kurz aus.

»Hallo Onkel.« Paolos Stimme klang heiser, aber selbstbewusst.

Sandro Acquicella gab ihnen zwei sanfte Küsse auf die Wangen. »Es freut mich, dass ihr gekommen seid.« Er blickte sie an. »Der Gottesdienst fängt gleich an. Danach möchte ich gern mit euch sprechen.« Die ganze Zeit fuhr er sich mit der Zunge, einem ekligen, schleimigen, rötlichen Etwas, über die schmalen Lippen.

Paolo sagte, dass sie auf ihn warten würden. Fügte jedoch hinzu, dass sie sich beeilen müssten. Sie hätten nicht viel Zeit. Sie verabredeten sich in der Straße neben der Kirche.

Das Gemurmel schwoll an, dann verstummte es plötzlich. Ein raumgreifendes Schweigen verbreitete sich auf der Piazza. Antonio drehte sich um, seine Hand schnellte an Paolos Arm und hielt sich daran fest. Die Heckklappe des Autos hatte sich geöffnet. Vier Männer in Anzug und Krawatte, mit Sonnenbrillen und finsteren Mienen zogen daraus den Sarg hervor. Glänzendes Holz, vergoldete Griffe, darauf Blumen und bunte Bänder. Sie hievten den Sarg auf ihre Schultern, der Trauerzug stand still und setzte sich dann beim Läuten unsichtbarer Glocken langsam in Bewegung Richtung Kirche. Sobald der Sarg an ihnen vorüberzog, legten die Trauernden mit affektierter Feinfühligkeit Blumen darauf.

Da merkte Antonio, wie Paolos Arm seinem Griff entglitt. Er sah, wie er durch die Menge ging, ohne jemanden zu berühren. Wie er sich in eine Hand spuckte und diese mit geschlossenen Fingern vor dem Mund hielt. Und wie er sie auf den Sarg legte.

Als er neben ihn zurückkehrte, stand ihm ein wilder Ausdruck im Gesicht.

Niemand hatte ihn gesehen.

Paolo war der Erste, der aus der Kirche kam.

Er bog in die kleine Gasse, in der sie sich mit ihrem Onkel verabredet hatten, und stellte sich dort in einen schattigen Winkel. Antonio trottete ihm mit hängendem Kopf hinterher. Sie lehnten sich an die abgebröckelte Mauer irgendeines grauen Hauses und zündeten sich eine Zigarette an.

»Was willst du ihm sagen?«, fragte Antonio mit gesenkter Stimme. Seine Hände zitterten.

»Ich will ihn wegen dem Testament fragen.«

»So ganz unvermittelt?«

»…«

»Aber so merkt er doch gleich, dass es uns ums Geld geht!« Er nahm eine weitere Zigarette. »Können wir nicht …«

»Was?«, unterbrach ihn Paolo. »*Können wir nicht* was?«

»Was weiß ich … ein bisschen reden.«

»Und wieso zur Hölle sollten wir ein bisschen reden?«

Antonio zog an seiner Zigarette.

»Was ist denn das Problem, wenn er merkt, dass es uns ums Geld geht? Das ist doch die Wahrheit, oder nicht?«

Er nahm einen weiteren Zug, blies den Rauch aus und nahm noch einen Zug.

»Oder nicht?«

»Nein! Also ja, aber, ich meine, vielleicht könnten wir ja …« Er schnaubte. »Was weiß ich, ein bisschen reden. Herausfinden, ob … ich weiß auch nicht, ich dachte, vielleicht könnten wir …«

»*Könnten wir* was? Hä? Hast du dir ausgemalt, dass wir eine Familie werden könnten? Dass wir Frieden schließen könnten?« Er trat gegen den Bürgersteig. »Du musst endlich erwachsen werden, verdammte Scheiße! Hörst du mich? Du musst endlich erwachsen werden!«

Antonio hielt den Atem an. Paolo ging am Rand der Fahrbahn auf und ab.

Nach und nach kam die Trauergemeinde aus der Kirche. Ein schwarzer Fluss, der sich über die Piazza ergoss. Lange Minuten vergingen. Paolo rauchte die ganze Zeit und ging ununterbrochen hin und her. Hin und her, hin und her, hin und her. Antonio stand mit gebeugtem Rücken und hängendem Kopf da und biss sich auf den Fingern herum. Als sich die Menge zerstreut hatte und der Leichenwagen verschwunden war, kam Sandro auf sie zu. Er blieb auf dem Bürgersteig stehen. Schaute nach links und dann nach rechts. Er tat es wieder und wieder und wieder. Er überquerte die Straße, wobei er

Abflussgittern und Gullydeckeln auswich, und kam zu ihnen. In diesen gezierten Bewegungen, in diesen zwanghaften Handlungen, erkannte Paolo seinen Bruder wieder.

Und er hasste seinen Onkel. Er hasste Antonio. Er hasste sich selbst. Denn wenn Antonio Sandro war, war er selbst Stefano.

Er trat zu ihnen. Zwischen ihnen eine Mauer der Verlegenheit. Was sagt man einem Menschen, mit dem einen nichts als jahrelange Gleichgültigkeit verbindet? Antonio hätte sich am liebsten das Herz herausgeschnitten und es seinem Onkel gegeben. Ihm das gezeigt, was er nicht in Worte fassen konnte. Ihm jene Gedanken vor Augen geführt, die er nicht ausdrücken konnte.

»Ihr seid jetzt Männer.« Sandro lächelte künstlich. »Das letzte Mal, als ...«

»Ja, wir waren Kinder, als wir uns das letzte Mal gesehen haben«, unterbrach ihn Paolo trocken.

»Ihr wart ... zwölf und neun?«

Er bekam keine Antwort.

Paolo stand aufrecht. Mit verschränkten Armen und erhobenem Kopf.

»Wie geht es Giovanna?«, versuchte es Sandro.

Antonio hatte den Eindruck, ihr Onkel versuchte, eine Bresche in ihren Verteidigungswall zu schlagen, und empfand Zuneigung für ihn.

»Die ist abgehauen.« Paolo verzichtete auf jegliche Zwischentöne. »Das weißt du doch. Streit es bloß nicht ab.«

»Das streite ich gar nicht ab!« Erneut deutete er ein Lächeln an, wurde aber gleich wieder ernst. »Ich habe mich nur gefragt, ob ihr ...«

»Sie ist abgehauen, das hab' ich dir doch gesagt. Sie hat uns im Stich gelassen. Das war's.«

Antonio kam es überhaupt nicht in den Sinn, seinem Bruder zu widersprechen und die Wahrheit zu sagen. In diesem Moment wirkte Paolo auf ihn wie etwas, das sich in einem fragilen Gleichgewicht befand. Wie ein Kleiderschrank, in den man zu viel hineingestopft hat und der nachgibt und alles ausspuckt, sobald man nur einen seiner Türflügel berührt. Etwas in ihm war in Aufruhr geraten, das Antonio noch nie bei ihm gesehen hatte. Und zum zweiten Mal in seinem Leben dachte er, dass sein Bruder vielleicht genauso zerbrechlich war wie alle anderen Menschen.

»Und deshalb seid ihr so sauer. Ihr fühlt euch im Stich gelassen.«

»Es spielt keine Rolle, wie wir uns fühlen. Wir sind wegen Oma hier. Und wegen dem Testament.«

Sandro machte große Augen. »Wegen ... was?« Seine Zunge fuhr immer wieder hektisch über seine Lippen.

Paolo nickte. »Wir wollen das, was uns zusteht.«

»Was steht euch denn zu?«

»Das, was sie uns vererbt hat. Wir wollen unseren Anteil.«

»Euren ...«

»Dann gehen wir und ihr könnt wieder so tun, als würden wir nicht existieren, wir ihr es immer macht. Schließlich ...«

»Aber sie hat euch ja gar nichts vererbt!«

Stille.

»Was zur Hölle hast du da gesagt?«

Ihr Onkel antwortete mit einem traurigen Blick. Er schien betroffen, als wäre es seine Schuld. Er machte ein paar Schritte auf sie zu und legte vorsichtig die Hände auf Paolos Schultern. »Mein Junge, ich ...«

»Halt!« Er befreite sich mit einem Ruck. »Fass mich nicht an!«

Sandro zog sich zurück. Überrascht, erschrocken, betrübt.

Wieder Stille. Drückende Stille.

Entferntes Stimmengewirr verschärfte in Antonio das Gefühl von Trostlosigkeit.

»Wir sind nicht wegen diesem Scheiß hergekommen«, brüllte Paolo. »Darauf haben wir keine Lust.«

Sandro hob an, zu sprechen, kam jedoch nicht dazu.

»Versuch es nicht einmal!«, rief er und spuckte aus. »Wir sind nicht wegen diesem Scheiß hergekommen, das hab' ich dir doch gesagt.«

Antonio glaubte zu hören, dass die Stimme seines Bruders einen Sprung bekam.

»Mein Junge, ich versteh' dich nicht.« In der Stimme ihres Onkels lag Empörung. »Wovon sprichst du?« Er ließ den Kopf hängen und hatte die Hände wie zum Gebet gefaltet. »Was soll ich nicht tun?«

»Sei still! Auf diesen Scheiß haben wir keine Lust. Verdammt, wir haben keine Lust darauf, das hab' ich dir doch gesagt«, schrie er sinnlos weiter. Es schien, als antwortete er auf eine Stimme in seinem Kopf, die die anderen nicht hören konnten.

Von diesem Moment an hatte Antonio die Gewissheit, dass die Welt kurz davor war, unterzugehen. Paolo hatte die Kontrolle verloren und dieses Mal hatte es nichts mit seiner Wut zu tun. Sein Bruder war stark, aber nie stark genug.

»Paolo, wenn du mich doch nur reden lassen würdest …«

»Nein …«

»Hör doch …«

»Nein, verdammte Scheiße. Nein!«

»Aber …«

Sandro machte einen Schritt auf ihn zu, Paolo packte ihn und stieß ihn weg.

Er landete am Boden, mit den Beinen in der Luft und dem Rücken auf dem Asphalt. Paolo ging zu ihm, Antonio dachte, er würde ihn umbringen. Deshalb stellte er sich Paolo in den Weg und legte ihm die Hände auf die Brust. Paolos Augen waren weiterhin auf Sandro gerichtet. Abwesend, weit aufgerissen. Zwei einsame Tränen durchfurchten seine Wangen und sammelten sich in seinen Mundwinkeln. Seine Lippen zitterten.

Antonio war zu Tode erschrocken: sein Bruder war dabei, vor seinen Augen zu implodieren.

»Paolo …« Mehr konnte er nicht sagen.

Aber dessen ganzer Körper hatte sich verkrampft.

Ein Schrei zerriss die Luft. Antonio drehte sich um und sah neben der Kirche seine Tante, die mit den Armen herumfuchtelte und schrie. Bei ihr standen die letzten verbliebenen Gäste der Beerdigung. Sie rief den Namen ihres Ehemanns und lief wankend auf sie zu. Sandro lag am Boden und hielt sich den Nacken.

Hier wird es gleich einen richtigen Aufstand geben.

»Paolo, verdammt, hör mir zu!«, brüllte er ihm ins Gesicht. »Paolo … komm schon. Paolo, Paolo, Paolo!« Er packte ihn an den Schultern und schüttelte ihn. »Wir müssen jetzt gehen, verdammt. Wir müssen jetzt gehen! Gott im Himmel … Paolo!« Nichts. »Paolopaolopaolo … verdammt, Paolo!«

Es war, als habe sein Bruder das Bewusstsein verloren. Ihm liefen weiter Tränen über die Wangen und seine Lippen zitterten. Das Grüppchen von Leuten hatte mittlerweile begonnen, die beiden Brüder zu beschimpfen. Sie forderten sie auf, sich von Sandro zu entfernen.

Er drehte sich um, holte aus und verpasste seinem Bruder eine Ohrfeige.

Immer noch nichts.

Wo zur Hölle bist du, Paolo?

Alles kam von ganz weit her.

In einer dichten Leere verschwammen alle Dinge miteinander. Gestalten und Grenzen lösten sich auf. Paolo sah nur noch Sandros Gesicht. Es schwebte im Nichts und veränderte sich. Wurde zu Stefano. Dann zu Antonio. Die Gesichtszüge verzogen sich schnell. Es verwandelte sich, kam näher, fiel über ihn her. Schmerzverzerrte Gesichter, die von unvorstellbaren Leiden entstellt wurden. Er verstand nicht, was passierte, aber er hörte Antonios Stimme. Er hörte, wie er seinen Namen rief, wie er weinte und ihn anflehte. Die angstvolle Unruhe seines Bruders wurde zu seiner eigenen, und mit einer Anstrengung, die ihm so groß vorkam, dass er sterben könnte, klammerte er sich daran fest. Er klammerte sich an dieses Angstgefühl, das von Antonio ausgehend alles einhüllte. Er packte es, hielt es fest, schlug, trat, zog sich hoch.

Und die Welt nahm wieder Gestalt an.

Er war im Punto. Saß aufrecht da, der Sicherheitsgurt schnitt ihm in den Hals. Antonio saß am Steuer, seine Finger umklammerten das Lenkrad, er weinte leise vor sich hin. Sie waren auf der Autobahn, mussten also schon vor einer Weile losgefahren sein.

»Was ist passiert?«

Antonio drehte sich ruckartig zu ihm um und sah ihn mit blitzenden Augen an.

Paolo öffnete den Gurt, zog sich Jackett und Hemd aus und zündete sich eine Zigarette an. Wenn er bewusstlos wurde, fühlte er sich danach normalerweise wie ein Häufchen Elend. Jetzt drehte sich zwar alles in seinem Kopf und ihm war heiß, aber insgesamt ging es ihm gut.

»Bin ich ohnmächtig geworden?«

Antonio sah ihn ein zweites Mal schief von der Seite an.

»Was zur Hölle hat dieser Blick zu bedeuten?« Er drückte seine Zigarette auf dem Armaturenbrett aus. »Antwortest du mir oder nicht?«

Er versuchte sich zu erinnern, was passiert war, aber es war alles schwarz. Als hätte jemand das Licht ausgemacht.

»Heilige Scheiße, antwortest du mir oder nicht?« Er schlug gegen das Verdeck.

»Fick dich!«, brüllte Antonio. »Fick dich. Fick dich. Fick dich!«

Paolo beugte sich nach vorne, packte das Lenkrad und riss es scharf nach rechts. Ohne nach hinten oder nach vorne zu schauen. Mit quietschenden Reifen landete der Punto auf dem Seitenstreifen. Antonio konnte nur noch schreien und auf die Bremse treten, bis das schleudernde Auto mit einem Schlag zum Stehen kam, der sie beinahe aus ihren Sitzen gehoben hätte.

Antonio fing an zu brüllen.

Paolo stieg aus. Nur in Hose und Schuhen. Er kletterte über die Leitplanke, ging ein paar Schritte ins Gebüsch, ließ die Hose herunter und pisste.

Sein Bruder schrie wütend weiter, unartikulierte Laute, Verwünschungen, Beleidigungen. Auch er stieg aus. »Du Vollidiot! Du hättest uns umbringen können. Du Vollidiot!«

Paolo kletterte wieder über die Leitplanke und ging auf ihn zu. »Gut, du kannst wieder sprechen.« Er zündete sich eine Zigarette an.

Antonio schlug sie ihm aus dem Mund.

Er rührte sich nicht. Der Mund stand ihm offen, die Arme hingen an der Seite herab.

Noch nie hatte ihm sein Bruder die Stirn geboten. Nicht so.

Paolo betrachtete ihn, dann gab er ihm eine Ohrfeige. Antonio wäre beinahe umgefallen, nahm es aber schweigend hin. Neben der Autobahn, unter der prallen Sonne, standen sie starr und stumm da und schauten sich an.

Dann passierte es. Und es passierte alles wie im Bruchteil einer Sekunde.

Antonio versetzte ihm einen Faustschlag, er traf ihn am Hals. Paolo packte ihn bei den Haaren und schlug ihn gegen das Auto. Der andere schlug blindlings um sich und umklammerte seinen Bauch. Sie trennten sich und stürzten sich erneut aufeinander. Sie fielen zu Boden. Antonio setzte sich auf seine Arme und schlug ihm ins Gesicht, auf den Kopf, auf die Brust. Bis Paolo sich befreien konnte. Er überwand ihn, hielt ihn fest, drückte seinen Kopf auf den Asphalt, verpasste ihm eine Ohrfeige. Antonio begann zu zappeln wie ein Fisch an der Angel.

»Hör auf!«, brüllte Paolo. »Verdammt noch mal, es reicht. Es reicht, hab' ich gesagt.«

Aber Antonio hörte nicht auf, sich unter ihm zu winden. »Du bist ein Arschloch. Ein scheiß Arschloch.«

»Es reicht ... es reicht!«

Antonio wurde langsam ruhiger und hörte auf zu schreien. Seine Verwünschungen wurden zu Schluchzern. Paolo blickte ihn benommen an. Er setzte sich an die Leitplanke und streichelte sein Gesicht, aber Antonio zuckte zurück. Auch er setzte sich hin, den Rücken an die Seite des Autos gelehnt. Aus seiner Nase rann eine Mischung aus Blut und Rotz. Aus seinem offenen Mund drang Röcheln und Schluchzen.

»Antonio ...«

»Sei still!«, wimmerte er. »Sag jetzt nichts ...«, brachte er stammelnd hervor. Der Schmerz verzerrte seine Stimme, sein Mund war verklebt. »Du bist wie Papa. Du setzt immer deinen Kopf durch, und wenn du am Ende alles verkackst, bin ich der Gefickte. Ich halt' das nicht mehr aus.« Er hob die Augen zum

Himmel, wischte sich die Nase an seinem Ärmel ab. »Ich halt' das nicht mehr aus ... ich bin kein Tier, das ihr euren Wahnvorstellungen opfern könnt. Das ist mein Leben. Ich kann es euch nicht einfach schenken.«

Paolo verstand nicht.

»Ich habe euch schon zu viel gegeben. Dir, Papa ... auch Mama«, schluchzte er. »Ich habe euch alles gegeben, was ich habe. Sogar meine Seele. Aber ihr macht alles kaputt. Alles Schöne macht ihr kaputt. Und du machst es genauso kaputt wie Papa. Und ich halt' das nicht aus ...« Er seufzte, schnaubte. »Ich halt' das nicht aus.«

Die Beine auf dem Asphalt ausgestreckt, den Kopf zur Schulter geneigt, wo sich jetzt in seinem Jackett ein großer Riss befand. Er stand auf. Er wankte, hielt sich eine Hüfte. Stieg ins Auto, setzte sich auf den Rücksitz und schmiegte sich ans Fenster. Die Knie an die Brust gezogen, den Kopf zwischen den Händen.

Paolo saß immer noch auf dem Boden, mit dem Rücken an der Leitplanke.

In seinem Kopf die Gesichter seines Vaters, seines Onkels, Antonios. Schmerzverzerrt.

Antonio erwachte schweißgebadet.

Er setzte sich an den Rand der Matratze, sah auf den Wecker: es war zwölf.

In den letzten beiden Wochen hatte er viel Zeit mit Italo auf dem alten Bauernhof verbracht. Sie hatten einen Joint nach dem anderen geraucht, bis sie umgefallen waren. Sein Freund hatte ihn gebeten, zu erzählen, was passiert war. Antonio hatte blaue Flecken, Kratzer und eine geschwollene Backe. Aber er wollte nicht darüber reden, und Italo hatte es verstanden. Es waren schöne Abende gewesen, aber jedes Mal, wenn er nachts nach Hause kam, war es, als wollte ihn das Dunkel verschlingen.

Er ging in die Küche und trank aus dem Wasserhahn.

Sein Bruder war nicht da, er musste in der Arbeit sein. Seit der Beerdigung hatten sie sich nur selten gesehen. Antonio schlief den ganzen Tag und verbrachte die Nächte außer Haus. Paolo war den ganzen Tag auf der Baustelle und ging abends früh ins Bett.

In den ersten Tagen hatte Antonio ihm gegenüber Abscheu empfunden, doch dann war dieses Gefühl abgeflaut und nun fehlte er ihm. Er wollte einfach nur, dass alles wieder so war wie früher.

Sein Handy klingelte, es war Italo. Er musste irgendetwas erledigen und brauchte dabei seine Hilfe.

Paolo war auf der Baustelle, konnte sich jedoch nicht auf die Arbeit konzentrieren.

Er war zerstreut und antriebslos, eine Schwachheit hatte ihn erfasst, die sein ganzes Tun bestimmte. Er fühlte sich schlapp. Wie wenn ein Fieber jedes Stückchen Haut, Knochen, Hirn befällt und jeglichen Rest an Kräften auslöscht. Mit niedergeschlagenen Augen schleppte er sich zwischen den Häusergerippen herum. Seine Arbeitswerkzeuge kamen ihm schwerer vor als sonst. Die Hitze und die Mücken unerträglich.

Was ist nur los mit mir, verdammt?, fragte er sich seit dem Tag der Beerdigung. Er hatte das Gefühl, einen Fehler begangen zu haben. Einen richtig großen. Und er war überzeugt, dass es mit Antonio zu tun hatte. Aber mehr wusste er nicht. Seit Wochen ging er seinem Bruder aus dem Weg. Sie beschränkten ihren Kontakt auf das Nötigste. Und er dachte, dass das im Moment so besser sei. Er wollte seine Gedanken ordnen. Verstehen, weshalb Antonio nach der Beerdigung ihrer Großmutter so reagiert hatte. Die Situation wieder unter seine Kontrolle bringen. Und um das zu erreichen, gab es keinen anderen Weg. Je mehr er sich jedoch darauf konzentrierte, eine Lösung zu finden, desto weiter schien diese sich von ihm zu entfernen.

Mama. Der Typ von der Autobahnbrücke. Der Hund. Oscar. Mein Onkel. Antonio.

Das alles war innerhalb von weniger als zwei Monaten passiert. Und jetzt quälten ihn die Bilder dessen, was er getan hatte. Ihn. Der doch immer in der Lage gewesen war, sämtliche Emotionen und Gefühle zum Teufel zu schicken.

Er hob den Presslufthammer an und begann, ein paar Zementblöcke zu zertrümmern. Serra beobachtete ihn aus der Ferne. Er behielt ihn im Auge, ohne sich auch nur im Geringsten darum zu scheren, ob Paolo das mitbekam.

Wann hab' ich mich je von diesem Mist runterziehen lassen?

Er rammte den Presslufthammer mit größerer Entschiedenheit in den Zement.

Ich muss wütend werden. Ja. Ich muss alles meiner Wut überlassen. Sie weiß es.

Seine Wut hatte ihn noch nie enttäuscht. Sie würde ihm auch jetzt weiterhelfen.

Die Arme starr, die Muskeln angespannt. Er drückte die Maschine immer weiter nach unten. Begierig, erregt, aber mit ruhiger Entschlossenheit. Ja, so musste es sein. Er der Presslufthammer, die Welt der Zement, den es zu zertrümmern galt.

Antonio lag erschöpft auf Italos Bett.

Er hatte den Nachmittag bei ihm verbracht. Sie hatten zusammen alte Wohnzimmermöbel abgebaut und durch neue ersetzt. Sofa, Bücherregal, Truhe, Teetischchen. Jetzt lagen sie Schulter an Schulter nebeneinander und lachten, als wäre alles wahnsinnig lustig. Die Klimaanlage war voll aufgedreht, das warme Licht der untergehenden Sonne färbte die Luft bernsteinfarben. Sie hatten weder geraucht noch getrunken, sie hatten einander einfach jene gute Laune übertragen, die gegenseitiger Zuneigung entspringt. Antonio fühlte sich so leicht, als könnte er fliegen. Ein sanftes Kribbeln, ein anhaltendes Prickeln, zog sich ihm vom Hals bis in den Bauch.

Er beschloss, nach Hause zu fahren. An diesem Abend wollte er Paolo abpassen und versuchen, mit ihm zu sprechen.

»Willst du das Sofa?«, fragte ihn Italo an der Tür.

»Das Sofa?«

»Mhm.«

»Was für ein Sofa?«

»Na das alte, das wir abgebaut haben. Es ist noch völlig in Ordnung, mein Vater muss nur immer alles gleich wegschmeißen. Ich dachte, statt es zur Müllkippe zu bringen, könntest du es vielleicht mitnehmen, dann bräuchtet ihr die Liegestühle in der Küche nicht mehr.« Er lächelte ihn an.

Er hätte gern ein richtiges Sofa gehabt, auf dem er fernsehen konnte. Die Liegestühle waren alt und kaputt. Außerdem waren sie unbequem. Als er jedoch den Mund aufmachte, um zu antworten, schien er nicht selbst zu sprechen. Er hörte sich sagen: »Die Liegestühle sind schon in Ordnung für uns. Wir haben sie irgendwie ins Herz geschlossen.«

Italos Vorschlag hatte ihn an all die gut gekleideten Menschen erinnert, die sonntagnachmittags mit Tüten voller Lebensmittel vor dem Eingang der Sozialhilfestelle in der Via Ariosto aufmarschierten.

Sie verabschiedeten sich. Italo umarmte ihn und bedankte sich. Antonio ging hinaus.

Der Boxer stand vor der Gartentür. Er wollte gerade den Schlüssel ins Zündschloss stecken, als er im Augenwinkel etwas wahrnahm. Er drehte sich um und sofort schoss ihm das Blut in den Kopf. Im Schatten eines Baumes auf der anderen Straßenseite saß Giovanna. Sie erhob sich und ging auf ihn zu.

»Können wir reden?«, begann sie. »Ich bitte dich. Nur fünf Minuten.«

Sie einigten sich auf eine Bar in einer Parallelstraße.

Sie ging zu Fuß, er fuhr mit dem Boxer. Sie setzten sich in den hinteren Bereich der Bar und bestellten. Sie einen Kräutertee, er einen Espresso. Der Kellner entfernte sich, sie verharrten in Schweigen. Giovanna blickte ihm fest in die Augen, als wollte sie ihm ein Loch in die Stirn bohren.

»Ich wusste, dass ich dich bei Italo finden würde. Schön, dass ihr noch befreundet seid«, sagte sie, und ihr Lächeln wurde breiter. »Wie geht es ihm? Ich hab' ihn kurz an der Tür gesehen, er ist ganz schön mächtig geworden.«

»Das kommt vom Fitnessstudio.«

Giovanna nickte.

Ihre Getränke wurden serviert. Der Kellner verwechselte sie, und so mussten Mutter und Sohn Espresso und Kräutertee tauschen. Dabei achtete er darauf, ihre Finger nicht zu streifen. Sie hingegen suchte womöglich eine Berührung. Antonio stürzte den Espresso in einem Zug hinunter und verbrannte sich dabei Zunge und Rachen. Giovanna begann, langsam ihr Getränk zu schlürfen, das Paolo als *gefärbtes Wasser für reiche Leute* bezeichnet hätte.

War Mama jetzt reich?

Sie stellte ihre Tasse auf den Tisch und tupfte sich die Lippen mit einer Serviette ab.

»Warst du denn die ganze Zeit über in Camporotondo?«, hörte sich Antonio fragen. Seine Neugier war einfach zu groß, als dass er sie hätte im Zaum halten können.

»Nein. Ich bin für ein paar Wochen nach Rom zurückgefahren. Nachdem ich euch gesehen hatte, musste ich ... also, musste ich eben nach Rom zurückfahren.«

»Du lebst also in Rom.«

»Ja. Seitdem ich weggegangen bin.«

Schweigen.

»Wie geht es euch?«, versuchte sie es, sie brachte kaum ein Wort hervor.

»Mir und Paolo? Ganz gut. Das Leben ist kein Zuckerschlecken, aber das ist es ja für niemanden.«

Giovanna nickte. »Braucht ihr Geld?«

Antonio dachte nach. »Paolo arbeitet, ich such' mir gerade auch etwas. Wir leben nicht unbedingt in Saus und Braus, aber wir kommen schon klar.« Er war sich dessen nicht ganz bewusst, aber er wollte ihr Mitleid erregen, er wollte, dass sie sich schuldig fühlte, und gleichzeitig wollte er sie auf gebührenden Sicherheitsabstand halten.

»Paolo arbeitet?«

»Auf dem Bau.«

»Sicher, dass ihr kein Geld wollt? Ich kann euch welches geben, wenn ihr etwas braucht.«

Er schüttelte den Kopf, dann erstarrte er.

Hatte er da hinter der Scheibe auf der anderen Straßenseite gerade seinen Bruder gesehen? Die untergehende Sonne stach ihm in die Augen, aber er meinte, Paolos Gestalt ausgemacht zu haben. Es war nur ein kurzer Moment gewesen. Er hatte den Blick gehoben und gesenkt, und glaubte, ihn gesehen zu haben. Regungslos, mit hängenden Armen, dort neben dem Tabakladen. Als er jedoch noch einmal hingesehen hatte, war der Bürgersteig leer gewesen. Er musste es sich eingebildet haben.

»Und in der Schule, wie läuft's da?«

»Gut, glaub' ich. Ich mag lernen nicht besonders,

aber ich mach's, wenn es sein muss, und ich hab' auch nicht allzu schlechte Noten.«

Giovanna nippte an ihrem Tee. »Und was ist mit Onkel und Tante? Hört ihr von denen oder trefft ihr sie manchmal?«

Er hatte den Eindruck, dass sie nicht nachfragte, um an ihrem Leben teilzuhaben, sondern nur, weil sie musste. Als handelte es sich um eine Pflicht, die es zu erfüllen galt. Gehobene Augenbrauen, mildes Lächeln, zitternde Wangen. Es gelang ihr, einen Gesichtsausdruck absoluter Anteilnahme in einem labilen Gleichgewicht zu halten, der Rest ihres Körpers, die geraden Schultern, die übereinandergeschlagenen Beine, die auf dem Tisch ausgestreckten Arme, erzeugte jedoch einen gegensätzlichen Eindruck.

»Die haben wir vor ein paar Tagen gesehen. Oma ist gestorben. Aber sonst nicht, würde ich sagen.«

»Das hab' ich gehört ... tut mir leid.«

»Was genau? Dass Oma gestorben ist?«

Sie nickte ernst. »Sandro hat mir eine Nachricht geschickt.«

»Du hast noch Kontakt zu ihm?«

»Nicht wirklich. Er hat meine Nummer. Ich habe sie ihm gegeben, als ich weggezogen bin, auch wenn ich nicht weiß, wieso ich das getan habe. Ich dachte, es wäre besser, wenn er sie hätte, aber ...« Sie hielt inne und ordnete ihre Gedanken. »Er hat mir geschrieben, als Papa gestorben ist und als Oma gestorben ist. Das war's.«

Beim Gedanken daran, dass Giovanna und Sandro Kontakt gehabt hatten, verspürte Antonio einen stechenden Schmerz. Sie hatten sich zwar nur Nachrichten geschrieben, aber trotzdem fühlte er sich verraten. In einem Teil seiner selbst, den er tief begraben hatte, erwachte ein Schmerz, der ihm bis in die Eingeweide drang. Stieg empor. Kletterte die inneren Wände seines Körpers hoch und heftete sich an Organe und Muskeln. Krallte sich mit spitzen Klauen an ihnen fest. Er rührte sich nicht, gab keine Antwort. Er blieb regungslos sitzen und hielt dem Blick seiner Mutter stand.

Wenn Antonio einen einzigen Wunsch frei gehabt hätte. Wenn er sich Gott vor die Füße hätte werfen und ihn um eine einzige Sache hätte bitten können. Dann hätte er sich gewünscht, die Zeit zurückzudrehen. Er war sich sicher, dass alles hätte anders laufen können. Dass alles anders ausgegangen wäre und Sinn gemacht hätte, wenn sich nur ein einziges winziges, unwichtiges Detail verändert hätte. Antonio hatte sehr lange zu verstehen versucht, was die Ursache für all die schlimmen Dinge in seinem Leben war, aber es war ihm nie gelungen. Bis er sich schließlich sagte, dass sie in Wahrheit einfach böse waren. Sie alle. Sie hatten grauenhafte Taten begangen. Und sie hatten keine Vergebung verdient. Auch keinen Frieden, nach dem sie sich verzweifelt und unbewusst sehnten.

»Wieso hast du einen Monat lang gewartet?«, kam es ihm über die Lippen.

Giovanna machte große Augen und sagte, sie habe nicht verstanden.

»Du bist nach Camporotondo und sogar zu uns nach Hause gekommen. Aber dann bist du wieder verschwunden. Wieso?« Diese Frage schien ihm von fundamentaler Bedeutung zu sein. Er wusste nicht, weshalb das so war, war sich aber sicher, dass es so war.

Sie zuckte mit den Schultern.

Er sagte kein Wort.

»Du musst verstehen, dass es für mich auch nicht einfach ist«, sagte seine Mutter mit gebrochener Stimme. »Aber ich bin euretwegen zurückgekommen. Wegen dir und Paolo. Ich hab' euch doch gern, Antonio, ihr seid ein Teil von mir und ...« Sie unterbrach sich und nahm seine Hände. Sie weinte. »Ich habe einen Fehler gemacht ... ich habe einen Fehler gemacht und Gott allein weiß, wie sehr mir das leidtut.« Sie blickte ihm tief in die Augen. »Aber wir können jetzt eine Familie sein. Neu anfangen. Von vorne. Zusammen.«

Antonio blickte die Weinende an und setzte eine undurchdringliche Miene auf.

Ihre Finger waren mit seinen verschränkt, aber diese Berührung erschütterte ihn nicht. Sie traf ihn nicht. Er spürte nur noch Wut. Eine Wut, die keinerlei Ventil nötig hatte. Sie unterstützte ihn in seiner Verteidigungshaltung, weshalb er keinen Grund hatte, sie abzulassen.

»Wir können eine Familie sein ... ja«, stammelte Giovanna, »Ich bin euretwegen zurückgekommen, Antonio. Ich bin euretwegen zurückgekommen!«

Es folgte ein langes Schweigen, auf der Straße hupte jemand herum.

»Das interessiert mich einen Scheißdreck«, sagte er.

Giovanna zog sich zurück und ließ seine Hände los. Die Augen weit aufgerissen, die Nasenlöcher gebläht.

»Was soll das heißen?«, brachte sie hervor.

»Dass du mich einen Scheiß interessierst. Du und dein ganzer Mist.«

»Aber ... ich bin doch deine Mutter.«

Antonio lachte.

Sie rückte auf ihrem Stuhl nach hinten und legte sich die Hände auf die Brust.

Er hasste sie, jetzt hatte er Gewissheit. Er hasste ihr ständiges Opfergehabe, ihren geheuchelten Schmerz, ihre egoistische Reue. Er verabscheute sie dafür, was sie war, nicht dafür, wer sie war. Und dieses Gefühl spürte er so tief in sich verwurzelt, dass er wusste, dass es sich nie ändern würde. Er würde sie immer verachten. Und auch wenn seine Sehnsucht nach Normalität, die Begierde, so zu sein wie alle anderen, der Wunsch, behütet, geliebt, geborgen zu sein, groß, riesig, überwältigend waren, war sein Hass doch größer.

»Es ist zu spät. Merk dir das gut. Du hast alles vermasselt und es gibt nichts mehr, was du tun kannst, um es wiedergutzumachen.« Als all diese Gefühle in ihm hochkamen, begannen auch die Worte, geformt von jahrelangen Schmerzen, unkontrolliert aus ihm hervorzusprudeln. »Paolo hat recht, du bist ein herzloses Miststück. Und du hast dich gefälligst von uns fernzuhalten.« Seine Hände kribbelten, er wollte ihr eine Ohrfeige verpassen. »Merkst du eigentlich, wie lächerlich du dich machst, wenn du dich hier als Opfer aufspielst?« Er hielt inne und schüttelte den Kopf. »Wieso hast du heute auf mich gewartet? Weil du denkst, dass ich der Schwächere von uns beiden bin?« Er schlug mit der flachen Hand auf den Tisch.

»Denkst du das?«, blaffte er sie an. »Weil du denkst, dass ich der Schwächere bin? Du Miststück, du hast überhaupt nichts verstanden!«

Er stand auf, schlug mit der Faust gegen die Wand und verließ die Bar.

Der Kellner rief ihm irgendetwas nach.

Giovanna blieb sitzen. Ihr Mund stand offen, dicke Tränen verschmierten ihre Schminke. Sie schien eine bunt angemalte Maske im Gesicht zu tragen.

Paolo stellte den Punto quer auf den Parkplatz.

Auf der Treppe nahm er zwei Stufen auf einmal, lief ins Bad und übergab sich. Er traf die Kloschüssel nicht und besudelte Wand und Fußboden. Er öffnete das Fenster, um den Gestank hinauszulassen. Er setzte sich aufs Bidet. Er wusch sich den Mund. Er zündete sich eine Zigarette an.

Noch nie hatte er sich so schwach gefühlt. Einsam. Verletzlich.

Er schlug sich aufs Bein, fletschte die Zähne.

Er spürte einen stechenden Schmerz in seinem Kopf, als wolle ihm ein Dorn aus der Schläfe wachsen und drücke von innen dagegen. Das Stechen verlagerte sich in die Stirn, in die Nase, in die Augen. Er begann zu weinen. Tränen rannen über sein mit Beton und Kotze verschmiertes T-Shirt. Heftige Schluchzer ließen seine Brust erbeben.

Er konnte sich nicht daran erinnern, wann er zum letzten Mal richtig geweint hatte. Er hatte stets alles in sich hineingefressen und sein Leid zu einer Wut verdaut, die ihn gegen jeglichen Schmerz immunisiert hatte. Oder zumindest hatte er das immer gedacht. Erst jetzt, allein über der trocknenden Kotze auf dem Boden sitzend, mit der erlöschenden Zigarette in der Hand, begriff er, dass er den Schmerz nur angehäuft hatte. Und nun brach alles über ihm Armen zusammen.

Das Geräusch von Schritten im Flur. Er öffnete die Augen. Antonio stand in der Tür. Paolo drehte sich weg und machte eine Geste, als wolle er ein Insekt verscheuchen. Raschelnd fiel ihm der erloschene Zigarettenstummel aus der Hand. Sein Bruder warf ihn aus dem Fenster, dann setzte er sich mit langsamen, gemessenen Bewegungen neben ihn. Er legte ihm einen Arm um den Hals und drückte ihn an sich.

Paolo hätte ihn eigentlich lieber weggestoßen, sehnte sich aber zugleich nach dieser Berührung.

»Ich wusste doch auch nicht, dass sie immer noch hier war«, sagte Antonio.

Paolos Schluchzen wurde heftiger.

Antonio hatte ihn verraten. Sein Bruder und seine Mutter hatten sich getroffen. Hatten miteinander gesprochen. Vielleicht sogar über ihn. Und diese halb wahre, masochistische Vorstellung ließ ihm keine Ruhe. Sie quälte ihn mit Bildern von Antonio und Giovanna, die sich weinend in den Armen lagen.

»Sie hat mich abgepasst, als ich von Italo losfahren wollte. Sie hat mich um ein Gespräch gebeten, und ich habe Ja gesagt. Wir waren in der Bar hinter dem Corso und haben gesprochen.« Er machte eine Pause. »Das ist alles.«

»*Das ist alles?*«, nuschelte Paolo. »Was soll das heißen, verdammt, *das ist alles?*«

Sie schwiegen eine Weile.

Es war, als wäre die Welt draußen stehen geblieben.

»Ich regle unsere Probleme. Die wirklichen. Die ernsten.« Antonio klang entschieden. »Du weißt, dass es so ist, auch wenn du es dir nicht eingestehst.« Er zündete sich eine Zigarette an. »Ich regle sie. Alle. Und auch diese Geschichte hab' ich geregelt. Mama wird nicht wiederkommen. Jetzt sind wir wirklich allein. Ich und du.«

Paolos Aufgabe war es, sie zu beschützen. Sich selbst und Antonio. Aber dazu war er nicht in der Lage und das merkte er immer erst, wenn es zu spät war. Jedes Mal, wenn die Welt in ihr Leben eindrang. Wenn jemand sie zerquetschen wollte. Immer dann begriff er, dass er seiner Aufgabe nicht gewachsen war, und er begriff es immer erst, wenn es schon zu spät war. Er konnte dem Chaos nur weiteres Chaos hinzufügen, in der Hoffnung, die Verwirrung würde sie beschützen. Und wenn seine Kräfte nachließen, konnte er sich nur noch ergeben. Sich gehen lassen. Sich jener gestaltlosen Masse aus Selbstmitleid und Zärtlichkeit hingeben. Was er brauchte, war eine sanfte Kapitulation.

»Entschuldige, ich …«, versuchte es Paolo.

»Hast du nicht gesagt, Entschuldigungen sind was für Schwuchteln?«

»Ich verstehe nicht, was zur Zeit mit mir los ist …« Paolo schluchzte weiter, das Weinen ließ jedoch langsam nach. »Es ist, als ob ich müde bin und nicht weiß, wieso. Als ob ich zu viele Sachen in mir drin habe und sie nicht mehr alle in mir halten kann, als ob … als ob ich sie loswerden muss, oder sie werden immer mehr und ersticken mich.«

»Du hast Angst, das ist es, was du hast. Ich hab' das eigentlich ständig und genau so fühlt sich das an, du bist nur nicht dran gewöhnt, du bist immer wütend, und jetzt verstehst du sie nicht, die Angst.«

Stille. Erstickende Stille.

»Und was soll ich jetzt tun?«, flehte Paolo.

Als Antwort drückte Antonio ihn fester an sich.

Antonio wachte im Morgengrauen auf und konnte nicht wieder einschlafen.

Auf dem Fensterbrett sitzend trank er einen Kaffee. Dann zog er seine Badehose und ein T-Shirt an, packte Flipflops und Strandtuch in seinen Rucksack und ging in Paolos Zimmer. Er sagte ihm, es sei Zeit, aufzustehen. Er müsse auf die Baustelle. Sein Bruder grummelte missbilligend. Dann verließ er das Haus, stieg auf den Boxer und fuhr zum Hafen.

Er war zu früh. Rauchte eine Zigarette. Machte mit seinem Handy ein paar Fotos vom Meer. Und streichelte eine streunende Katze, die ihm um die Beine strich. Italo begrüßte ihn mit einem Klaps auf die Schulter, ging, ohne stehen zu bleiben, zum Landungssteg und entschuldigte sich für seine Verspätung. Am vorigen Abend sei es spät geworden, sagte er zwinkernd.

Sie gingen federnd über den Steg zum Schlauchboot und kletterten hinein. Verstauten ihre Sachen, lösten die Halteleinen und fuhren los. Sie hielten mit hoher Geschwindigkeit auf das offene Meer zu, immer Richtung Horizont. Das Festland mit seinen abgebröckelten Häusern, verbrannten Bäumen und sterbenden Menschen ließen sie hinter sich zurück.

Er blickte Italo an, der das Steuerruder fest in Händen hielt und das Boot mit einem ernsten, beinahe finsteren Ausdruck im Gesicht lenkte. Er schaute auf das Meer, das sich nur für sie vor ihnen auszubreiten schien. Er fühlte sich gut. Wieder so leicht, als könnte er fliegen. Nicht leer, sondern erfüllt von einer Materie, die ihn jedoch nicht beschwerte. Er fragte sich, ob das alles real war. Er fragte sich, ob das alles richtig war. Er fragte sich, ob das alles gut war. Aber er merkte, dass ihm das eigentlich egal war. Er setzte sich aufs Heck, hob den Kopf und lächelte in den Himmel.

Sie hielten mitten im Nichts, legten die Handtücher bereit und sprangen ins Wasser.

Aus den Lautsprechern des Schlauchboots drang schnarrend Musik, aber es war eine fröhliche Melodie. Das Wasser war kalt, aber angenehm und ruhig. Die Sonne wärmte sie, aber verbrannte sie nicht. Nichts war perfekt, aber alles war in perfektem Gleichgewicht. Sie planschten herum und entfernten sich weit vom Schlauchboot. Dann gingen sie wieder an Bord, ihre Hände waren verschrumpelt, sie legten sich in die Sonne. Antonio drehte einen Joint. Italo zog eine Flasche Gin und eine Limonade aus dem Kühlschrank und kümmerte sich um die Drinks. Mit dem Rücken an die Innenwand des Schlauchboots gelehnt stießen sie an und sogen alles in sich auf.

Das ist das Paradies. Kann sein, dass das alles eine Lüge ist, aber das interessiert mich nicht.

Sie tranken, rauchten, lachten.

Antonio fühlte sich wie von einer schützenden Blase umgeben. In diese Welt versenkt, als wäre sie ein realer Ort, mit ihren ganz eigenen Formen und Eigenschaften. An diesem Tag war seine Freundschaft mit Italo unerschütterlich, ein Haus auf halbem Weg zwischen ihnen beiden. Einladend, einsturzsicher. Die Unterhose auszuziehen war kein Problem, das Schwierige lag darin, es zuzulassen, sich angreifbar zu machen und das eigene Herz vor einem anderen menschlichen Wesen zu entblößen. Und wie sie sich da nackt gegenüberlagen, hatten die beiden keine Angst mehr. Dies war ihre Intimität, das Material, aus dem die Wände ihres Hauses bestanden.

»Ich muss dir etwas sagen«, verkündete Italo betrübt. Er trank einen Schluck Gin Lemon und zog am Joint. »Ich zieh' im Oktober nach Mailand.«

Antonio verschluckte sich an seinem Drink.

»Die Ergebnisse der Aufnahmetests der Unis sind gekommen. Und sie haben mich genommen.«

Er fühlte sich sterben: er war dabei, Italo zu verlieren.

Scheiße, Scheiße, Scheiße, dachte er, dann blickte er ihn an und setzte das breiteste Lächeln auf, zu dem er fähig war. Er gratulierte ihm, sagte ihm, dass er sich für ihn freue und dass er es verdient habe. Sie stießen noch einmal an.

»Komm doch auch mit«, schlug Italo vor.

»Wohin, nach Mailand?«

Italo nickte.

Antonio lachte.

»Ich mein's ernst.« Er setzte sich direkt vor ihn. »Ich werd' eine eigene Wohnung für mich allein haben. Sie gehört meiner Familie, meine Eltern haben sie nie benutzt und ... also, wenn du mitkommst, könnten wir sie uns teilen. Ich meine, du müsstest keine Miete zahlen. Verstehst du? Du suchst dir einen Job und ...« Er ließ den Satz unvollendet, er selbst hatte diesen Traum noch nicht ganz bis zu Ende gesponnen.

»In Ordnung, machen wir das«, war Antonios Antwort, und er glaubte auch wirklich selbst daran.

Er würde Paolo, Camporotondo und alles, was er kannte, zurücklassen müssen. Aber vielleicht war es genau das, was er brauchte. Diese Vorstellung, er und Italo in Mailand, zusammen, in derselben Wohnung, setzte sich tief in ihm fest. Schlug rasch Wurzeln und begann sofort, unkontrolliert zu wachsen.

Ich schließe die Schule ab und ziehe nach Mailand. Ich suche mir einen Job und wohne mit Italo zusammen.

Mit offenen Augen versenkten sie sich in diesen Traum. Gemeinsam träumten sie von einer sonnigen Stadt, einer eigenen Wohnung nur für sie, einem sorgenlosen Alltag. Sie malten sich alles bis ins kleinste Detail aus, planten alles, als müssten sie gleich morgen losfahren. Vielleicht würde es nie so weit kommen, aber diese Sehnsucht war ein wunderbarer Zufluchtsort. Sie sprangen wieder ins Wasser.

Antonio konnte weder den Meeresboden noch das Festland sehen. Wohin auch immer er sich drehte, es gab keine Grenzen mehr.

Paolo streckte sich wie eine Katze in der Sonne.

Er gähnte und starrte an die schimmelfleckige Decke. Der Schlaf hatte ihn wieder zu Kräften kommen lassen. Ihm fiel ein, dass er am Abend zuvor mit Antonio Frieden geschlossen hatte, und ein Lächeln verbreitete sich auf seinem Gesicht. Aber gleich darauf traf ihn eine andere Erkenntnis wie ein Faustschlag ins Gesicht. Eine schreckliche Erkenntnis.

Er setzte sich auf. Blickte auf den Wecker. Fluchte. Ging in die Küche. Sah sich regungslos um, lief zurück in sein Zimmer, fluchte weiter. Planlos zog er irgendwelche Klamotten an, steckte sich Schlüssel, Handy und Geldbeutel in die Taschen und stürzte ins Bad.

Fünf Minuten später saß er im Auto.

Verzweifelt hupend fuhr er zur Baustelle und überholte andere Autos rechts und links. Er fuhr ruckartig, schrie vor sich hin.

Es war Mittag, er war drei Stunden zu spät.

Antonio hatte ihn geweckt. Daran erinnerte er sich. Dann war er wieder eingeschlafen.

Er stellte den Wagen ab. Ging zum Container der Carlucci. Trat ein. Es war niemand dort, er ging direkt auf die Baustelle. Von weit her drangen Stimmen, das Kreischen der Hobelmaschine, das Trommeln des Presslufthammers. Es herrschte eine schwüle, drückende Hitze. Feiner Staub lag in der Luft. Drang in die Nasenlöcher, in den Rachen, legte sich auf die Eingeweide. Nicht weit von ihm entfernt stand Serra umgeben von einer Gruppe Bauarbeitern und sprach mit der Sekretärin. Paolo erstarrte. Der Baustellenleiter hob den Blick und schaute ihn an. Ruhig, gelassen. Dann lächelte er, strahlend, freudig, zufrieden.

Paolo hatte genug.

Dieser Hurensohn war die Lunte. Dieses scheiß Lächeln der Funke.

Ihm war alles egal. Damit er überleben konnte, musste die Welt in Flammen aufgehen.

Er bewegte sich auf Serra zu. Zuerst langsam, dann immer schneller. Schneller. Schneller. Schneller. Immer schneller. Und als er bei ihm ankam, schlug er ihm, ohne ein Wort zu sagen, ohne Atem zu holen, ohne nachzudenken, mit der Faust gegen den Kopf. Er brüllte wie ein Höhlenmensch, der sich zum Kampf rüstet, und schlug noch einmal zu.

Panik hatte ihn ergriffen.

Antonio wollte gerade den zweiten Joint anzünden.

Er und Italo waren breit. Völlig erledigt von Sonne, Alkohol und Gras. Die Augen rot, die Schultern verbrannt. Sie hatten ihre Gehirne ausgeschaltet, vergessen, dass es eine Welt außerhalb ihrer selbst gab. Als sie das Klingeln des Handys hörten, blickten sie sich verdutzt an. Dann stand Antonio ruckartig auf und hob ab, aber er hörte nur gedämpfte Schreie und entferntes Fluchen. Ein Knall, wieder Schreien und Rufen. Dann meldete sich die beunruhigte Stimme einer Frau, die sagte, sie sei die Sekretärin einer Baufirma. Sie sagte, dass Paolo Acquicella diese Nummer als Notfallkontakt angegeben habe. Und dass es auf der Baustelle einen Notfall gäbe. Antonio bestürmte sie mit Fragen. Sie hörte ihm jedoch nicht zu und wiederholte nur immer wieder, dass er zur Baustelle kommen solle, immer beunruhigter, immer schriller.

Antonio legte auf und rief Nicola an. Er befahl ihm, Carlo einzupacken und zu Paolo zu fahren. Italo musste er nichts weiter sagen. Als er aufgelegt hatte, hatte dieser schon den Motor gestartet.

Paolo widersetzte sich. Er brüllte, trat und schlug um sich.

Seine Schreie steigerten sich zu einem Höllenlärm. Die Bauarbeiter waren von den Gerüsten heruntergestiegen und standen auf dem Vorplatz. Einige von ihnen versuchten, ihn festzuhalten, ihn ruhigzustellen. Serra stand ihm gegenüber. Eine Wunde zog sich ihm über die Stirn, aus seiner Nase liefen dunkelrote Rinnsale. Paolo ließ ihn nicht aus den Augen. Er brüllte, knurrte, fluchte. Er wollte ihn umbringen, ihm den Kopf abreißen und einschlagen. Er stieß einen der Bauarbeiter in die Nierengegend, brachte seinen Rücken nach hinten und konnte sich befreien. Mit einem Ruck war er wieder bei Serra und schlug ihm mit der Faust ins Gesicht. Der fiel hin, er stürzte sich auf ihn und versuchte, ihn noch einmal zu treffen, wurde jedoch zurückgezogen und zu Boden geworfen.

Auf dem Rücken liegend, die Sonne im Gesicht, sah Paolo neben Serra zwei Männer stehen. Es waren keine Bauarbeiter, er hatte sie noch nie gesehen. Sie waren groß und muskulös. Sie packten Paolo an den Armen und hielten ihn fest. Sie fixierten seine Hände hinter dem Rücken, er konnte nur noch Hals und Kopf bewegen. Serra kam auf ihn zu, spuckte ihm ins Gesicht und schlug ihm auf die Nase. Millionen Sterne explodierten in seinen Augen. Ein weiterer Schlag. Noch einer. Und noch einer. Alles begann zu verschwimmen. Alles drehte sich wild. Die Erde stürzte in einen Abgrund, und er mit ihr. Wieder und wieder und wieder versuchte er, sich ihrem Griff zu entwinden, aber diese Mistkerle hielten ihn unerbittlich fest. Und währenddessen schlug der Baustellenleiter weiter auf ihn ein. Einen Schlag aufs Ohr. Einen Fausthieb in den Bauch. Einen ins Gesicht.

Und die Welt wurde dunkel.

Antonio fuhr mit einem unguten Gefühl im Bauch durch Camporotondo.

Mit Vollgas lenkte er den Boxer im Zickzack zwischen den Autos hindurch. Er war an der Hafenmole losgefahren, ohne sich von Italo zu verabschieden. Er machte sich Sorgen, tausend Stimmen jagten ihm durch den Kopf. Sein Handy hatte geklingelt und er war rangegangen, ohne stehen zu bleiben. Es war Carlo gewesen, der ihm gesagt hatte, nach Hause zu fahren: sie hätten Paolo dorthin gebracht.

Er hastete die Treppen hoch, und in der Küche schienen sich seine schlimmsten Befürchtungen zu bewahrheiten. Paolo lag auf einem Liegestuhl. Die Füße an die Wand gestützt, die Hände über die Stirn gelegt. Carlo und Nicola standen mit hängenden Armen neben ihm und blickten ihn schweigend an. Antonio brachte ein unterdrücktes Stöhnen hervor und ließ seinen Helm los, der mit einem dumpfen Schlag auf dem Boden aufkam.

»Sei kein Mädchen, mir geht's gut«, sagte Paolo mit näselnder Stimme.

Er ging zu ihm und spürte, wie er den Boden unter den Füßen verlor.

Wangen und Nase geschwollen, die Lippen aufgeplatzt, die Augen blutunterlaufen. Das T-Shirt zerfetzt, die Haare dreckverkrustet.

»Was zur Hölle ist passiert?«

Schweigen.

Carlo und Nicola schauten sich an. Antonio kamen sie beinahe erregt vor.

Paolo stand auf. Er nahm eine Packung Tiefkühlerbsen aus dem Gefrierschrank und knallte sie sich ins Gesicht. Er lehnte sich ans Fensterbrett und zündete sich mit seinen zerkratzten und dreckigen Händen eine Zigarette an. »Ich hatte keine Lust mehr, um Entschuldigung zu bitten. Entschuldigungen sind für Schwuchteln, richtig? Das hast du doch selbst gesagt, oder? Und ich hatte auch keine Lust mehr, Angst zu haben. Deshalb hab' ich das getan, was ich immer tue, wie du gesagt hast. Ich bin an die Decke gegangen.«

Antonio hatte nicht den Mut, ihm zu antworten.

Das war es nicht gewesen, was er gemeint hatte. Er wollte doch nur zur Normalität zurückkehren. Sich um nichts und niemanden mehr kümmern müssen. Sich mit banalen Kleinigkeiten beschäftigen, als wären es wichtige Dinge. Dass jemand anders dafür sorgte, dass die Welt sich wieder weiterdrehte. Aber vielleicht hatte er sich vor ein paar Tagen neben seinem Bruder im Badezimmer, ohne sich dessen bewusst zu sein, ja wirklich gewünscht, dass die Welt zusammenbräche. Und diesen Wunsch Paolo gegenüber geäußert.

»Schluss mit der Arschfickerei. Wenn ich untergehe, zieh' ich alles um mich herum mit in den Abgrund.«

Es war eine Nacht ohne Sterne.

Paolo stand am Fenster und suchte den Himmel nach ihnen ab.

Er drehte sich um, trank noch einen Schluck Wodka. Die Küche lag im Halbschatten, Antonio, Carlo und Nicola saßen um den Tisch. Den ganzen Nachmittag über hatte in der Wohnung eine drückende Stimmung geherrscht, aber jetzt, da sie betrunken waren, hatte sie sich etwas gehoben.

Er schaute auf die Uhr an der Wand. Es war zwei.

Seine Freunde und sein Bruder plauderten selig miteinander. Sie waren zu gelassen. Langsame Bewegungen, erloschene Blicke, entspannte Haltung. Bemerkten sie den ganzen Dreck etwa nicht, der sie zu verschlingen drohte? Er spürte ihn überall und konnte ihn nicht mehr ignorieren. Er überzog seinen ganzen Körper. Drang in seinen Mund, seinen Rachen, seine Eingeweide. Feiner Staub, der sich in seinem Inneren absetzte. Seine Organe verkrustete. Ihn bis zum Ersticken ausfüllte. Paolo musste einen Ausweg finden, um sich davon zu befreien.

Mama. Der Typ von der Autobahnbrücke. Der Hund. Oscar. Mein Onkel. Antonio. Serra.

»Gehen wir!«, beschloss er. »Wir müssen jetzt gehen. Los. Gehen wir!«

Carlo und Nicola sahen sich lächelnd an und standen auf. In ihren Augen sah Paolo etwas Wildes aufblitzen. Die beiden nahmen den Wodka und verließen das Haus.

»Wo geht ihr hin?«, fragte Antonio mit kaum hörbarer Stimme.

Paolo gab ihm keine Antwort. Sein Bruder wusste genau, wo sie hingingen.

»Du musst das nicht tun«, sagte Antonio.

»Doch, muss ich.«

»Und warum?«

»Weil wir sonst nur noch wandelnde Leichen wären.«

Es war jetzt drei Uhr nachts.

Paolo, Carlo und Nicola lehnten sich an Carlos Mito und hielten die kleine Villa auf der anderen Straßenseite fest im Blick. Ein modernes, dunkelgraues Haus mit glatten Wänden und kantigem Profil. Zikaden zirpten, in der Ferne jaulte ein Hund. Die Straße war dunkel. Die drei rauchten schweigend und ließen die Flasche herumgehen. Sie waren betrunken. Aufgekratzt.

»Ich will es tun ...«, flüsterte Nicola. »Ja, ich will es tun ... jetzt!«

»Tun wir's!«, stachelte Carlo ihn an und schüttelte die Wodkaflasche.

Paolo nickte. In seiner Brust regte sich etwas. Alles, was für ihn zählte, war zu überleben. Und dafür war diese Tat, heute Nacht, notwendig.

Sie machten sich bereit. Zogen sich Müllsäcke über die Köpfe. Richteten sie so hin, dass sie Löcher für Augen und Mund hatten. Befestigten sie am Hals mit Klebeband. Zogen Pullover darüber, aber mit dem Inneren nach außen, um das Firmenlogo von Nicolas

Vater zu verbergen. Jeder bewaffnete sich mit einem faustgroßen Stein und einem etwa armlangen Eisenrohr.

Gierig tranken sie einen letzten Schluck Wodka.

Sie überquerten die Straße, gingen durch den Garten. Sie kamen zur Rückseite des Hauses. Mit leisen Schritten, um auf dem trockenen Unkraut kein Geräusch zu machen. Undurchdringliches Dunkel, zerbrechliche Stille. Welt, Himmel und Hölle waren stehen geblieben, um ihnen zuzuschauen. Die Holzbalken der Terrasse knarrten verräterisch, aber es passierte nichts. Paolo stellte sich ans Fenster, die Jalousien waren hochgezogen, die Vorhänge offen. Er schaute hinein. Das Zimmer wurde vom Fernseher erleuchtet. Auf dem Sessel konnte man die Glatze eines Mannes erkennen, seine linke Hand baumelte über der Lehne. Auf dem Boden lagen Bierdosen und irgendwelche Papiere verstreut. Serra schlief.

Jetzt oder nie.

Paolo drehte sich um und gab den anderen ein Zeichen. Sein Herz hämmerte, seine Beine zitterten. Er zielte, holte aus und warf den Stein gegen das Fenster. Carlo und Nicola taten es ihm gleich, und die Scheibe ging in Scherben.

Sie stürmten hinein.

Paolo ging geradewegs auf ihn zu. Schwang sein Rohr. Schlug ihm auf den Kopf. Ein Schwall Blut spritzte an die Wand. Serra fiel steif zu Boden. Er trat ihm ins Gesicht, unter seinem Absatz spürte er, wie dessen Nasenknorpel zu Bruch gingen. Wieder, wieder und immer wieder. Zuerst auf die Arme, der

Mistkerl versuchte sich damit gegen die Schläge zu wehren, dann auf das Becken und auf die Knie. Er blickte sich um, Carlo und Nicola liefen durch das Zimmer und demolierten alles. Sie zerschlugen Möbel, Elektrogeräte, Fotos an den Wänden. Ergriffen von einem Fieber, das sie ausgelöscht hatte, trunken von Macht und Gewalt. Paolo sah ihnen zu. Sein Atem ging schnell, sein Schwanz pulsierte gegen seinen Hosenschlitz. Er schaute wieder nach unten. Serra wand sich und winselte. Er beugte sich hinab. Packte ihn am Genick. Setzte ihn an die Wand. Fixierte seinen Kopf mit den Händen. Sein Gesicht war eine Maske aus Blut, es lief ihm aus Stirn, Nase und Mund. Er legte ihm die Finger auf die Augenlider und zog sie nach oben. Er wollte, dass er es sah.

Ein Schrei drang durch den Raum.

Er übertönte den Lärm der Zerstörung, Serras Jammern, das Hämmern von Paolos Herz. In der Tür stand eine junge Frau im Schlafanzug. Ihre Haare waren zerzaust, ihre nackten Füße traten auf Glasscherben, sie hatte die Hände zum Kopf erhoben, ihr Mund stand weit offen. Paolo starrte sie stumm an, seine Finger immer noch auf den Augenlidern des Baustellenleiters. Serra drehte sich langsam um und blickte sie an. Aus dem blutverschmierten Gesicht stach blendend das Weiß seiner Augen hervor. Carlo und Nicola waren wie eingefroren. Mit ihren erhobenen Armen und gespreizten Beinen sahen sie aus wie zwei Orang-Utans. Die Frau schrie erneut, dann wandte sie sich um und versuchte wegzulaufen, aber Nicola war schneller. Er packte sie bei den Haaren und warf sie zu Boden. Sie fiel auf den Rücken. Mit einem fürchterlichen Geräusch knallte ihr Kopf auf die Fliesen.

»Nein ...«, stöhnte Serra. »Nein ... nein ...«

Carlo und Nicola warteten auf Befehle, aber Paolo war wie betäubt.

Als sie an diesem Nachmittag den Vergeltungsschlag geplant hatten, war es ihnen nicht in den Sinn gekommen, dass sich noch jemand anderes in Serras Haus befinden könnte. Die Ehefrau, Freundin, Schwester oder wer auch immer die junge Frau am Boden sein mochte war ein Kollateralschaden, den sie nicht miteinberechnet hatten.

Sie hat nichts damit zu tun.

Dann passierte es, und es passierte alles im Bruchteil einer Sekunde.

Serra versetzte Paolo einen Stoß mit dem Ellbogen. Er sprang ruckartig auf. Lief wild heulend auf Carlo und Nicola zu. Verpasste Ersterem einen Faustschlag und stieß Letzteren weg. Er wollte sich gerade zu der Frau hinabbeugen, aber Paolo war schon wieder bei ihm. Er schlug ihm mit dem Eisenrohr in den Nacken, und Serra brach bewusstlos zusammen.

Es wurde still.

Nicola erhob sich kraftlos. Carlo wimmerte erschrocken vor sich hin. Die Frau schluchzte leise. Paolo musterte sie einen nach dem anderen. Dann blickte er sich um und begann unartikuliert zu brüllen.

Schulter an Schulter beobachteten die drei dann die junge Frau, die sich in der Zwischenzeit an eine Wand geflüchtet hatte. Sie zitterte und weinte. Starrte sie mit großen Augen an.

»Und wer zum Teufel ist das?«, fragte Nicola.

»Muss seine Hure sein«, antwortete Carlo verächtlich. »Du bist seine Hure, stimmt's?«

Sie machte keinen Mucks.

»Dieser Drecksack hat mir wehgetan«, beklagte sich Nicola mit einer Hand am Kinn und spuckte auf Serra. »Lasst ihn uns aufwecken. Ich werd' ihm den Arsch aufreißen. Das wird er mir büßen.«

»Ich hab' eine bessere Idee«, raunte Carlo, die Augen auf die Frau gerichtet.

Stille.

Paolo schaute Carlo und Nicola an. Carlo und Nicola schauten die junge Frau an. Die starrte mit leerem Blick auf den Fußboden.

»Du bist eine Hure ...«, flüsterte Carlo. »Und jetzt wirst du für uns die Hure spielen.« Er näherte sich ihr, langsam, ganz langsam.

Zunächst schien sie nicht zu begreifen, doch dann schrie sie los und begann, wild um sich zu treten.

Ihre Schreie umwehten Paolo wie ein eisiger Wind. Sie kamen ihm bekannt vor. Auf eine Art bekannt, die ihm Gänsehaut verursachte. In diesen Schreien, in dem Leiden, von dem sie erfüllt waren, erkannte er das Weinen seiner Mutter wieder. Das Winseln des Hundes. Das Reifenquietschen unter der Autobahnbrücke. Oscars Schmerzenslaute.

Nicola und Carlo starrten sie an. Stumm, regungslos. Sie schlug um sich und brüllte.

»Hör auf!«, krächzte Carlo und versetzte ihr einen Tritt. »Du bist eine Hure, du wirst wie eine Hure behandelt.«

Als Antwort darauf versetzte sie ihm einen Tritt, sie zielte auf seine Hoden, traf aber sein Knie. Er geriet ins Taumeln und fluchte. Dann packte er sie schnell bei den Haaren, zog heftig daran und zwang sie auf den Bauch. Dabei drückte er ihr Gesicht auf den Fußboden. Nicola überwältigte sie, drehte ihr die Hände hinter den Rücken und presste ihre Schultern auf den Boden. Carlo stieg über sie. Zog ihr Hose und Unterhose aus, fummelte an seinem Reißverschluss herum und holte seinen steifen Schwanz heraus. Nicola schaute ihm gebannt zu. Er hatte die Augen weit aufgerissen und atmete heftig in den schwarzen Sack auf seinem Kopf.

Die junge Frau brüllte, weinte, trat um sich.

Was sie zur Antwort bekam war Stille.

Erst jetzt gelang es Paolo, aus seiner Erstarrung zu erwachen.

Er streckte seinen Arm aus. Packte Carlo am Genick und schleuderte ihn auf die andere Seite des Wohnzimmers. Packte auch Nicola und stieß ihn gegen den demolierten Fernseher. Er hielt den Atem an und sagte kein Wort. Als sich die beiden wieder aufgerappelt hatten, befahl er ihnen mit einem Handzeichen, zu verschwinden. Ein paar Sekunden lang rührte sich niemand. Aus verschiedenen Teilen des Zimmers blickten sie sich gegenseitig an. Zum ersten Mal, seit sie sich kannten, dachte Paolo, dass sie ihm die Stirn bieten würden. Aber sie taten es nicht. Carlo und Nicola gehorchten. Sie gingen hinaus. Er blickte sich um. Dann folgte er ihnen. Die halb nackte Frau lag schluchzend am Boden.

Draußen war der Himmel von Sternen übersät.

Antonio erwachte später als sonst.

Der ganze Stress, die Sonne und der viele Alkohol am Tag zuvor hatten ihn geschlaucht, und so war er sofort eingeschlafen, nachdem Paolo, Carlo und Nicola das Haus verlassen hatten. Eine Stunde später war er jedoch wieder aufgewacht, sein Bruder war noch nicht zurückgekommen. Mit offenen Augen hatte er dann bis um vier Uhr morgens wach gelegen. Er hatte gehört, wie die Haustür geöffnet und geschlossen wurde. Dann war er zusammengebrochen.

Er ging durch den Flur, blieb aber auf der Schwelle zur Küche stehen. Carlo und Nicola lagen auf den Liegestühlen, nur mit Unterhosen bekleidet. Sie schnarchten leise vor sich hin. Er ging hinein, schloss die Tür hinter sich und sammelte ihre Kleider ein, die sie überall verteilt hatten. Jeans neben dem Waschbecken, T-Shirt vor dem Küchenschrank. Er warf sie den beiden Schlafenden ins Gesicht.

»Was machst du da?«, fragte Nicola schlaftrunken und entfernte eine Socke von seinen Augen.

»Ihr müsst gehen«, sagte Antonio schroff. »Jetzt. Auf.«

»Was ist denn los?« Auch Carlo richtete sich auf, er rieb sich das Gesicht und gähnte.

Antonio stellte sich aufrecht vor sie hin. »Haut ab, hab' ich gesagt.«

»Was ist denn los mit dir?« Nicola schaute auf die Uhr. »Es ist zehn.«

Er trat gegen den Liegestuhl und warf ihnen einen eisigen Blick zu.

Ein paar Sekunden später standen Carlo und Nicola schweigend auf, zogen sich an und verließen das Haus.

Ruhig und gelassen holte Antonio Eier und Speck aus dem Kühlschrank. Er wollte ein richtig schönes Frühstück machen. Wie in Amerika. Mit Rührei, Speck, Toast und Milch, Keksen, Müsli und Obst. Er wollte es für sich und seinen Bruder machen. Ohne dass dabei jemand dazwischenfunkte.

Nur er und Paolo.

Paolo wurde von einem Gefühl der Leere geweckt, das sich zwischen seiner Brust und seinem Magen breitmachte.

Schritte im Flur. Antonios Stimme, hart, boshaft. Nicola sagte etwas, er klang verwirrt, Carlo jammerte erschrocken herum, dann ein dumpfer Schlag und Stille. Gepolter. Die Haustür ging. Ruhe. Paolo nahm sich eine Zigarette und rauchte sie im Bett. Nackt, schweißgebadet, mit gespreizten Beinen. Die Sonne stand schon hoch und erhitzte sein Zimmer wie einen Glutofen.

Er ging in die Küche.

»Ich hab' Frühstück gemacht«, empfing ihn sein Bruder.

Rührei, Speck, getoastetes Brot, Milch, Kekse, Kaffee. Der ganze Raum duftete, im Fernsehen lief MTV. Er legte Antonio einen Arm um die Schultern und drückte ihn an sich.

Zum ersten Mal seit Langem hatte er das Gefühl, ein wenig vom Gas gehen zu können. Sich entspannen zu können. Innehalten zu können. Heute würde es keinen Grund zum Kämpfen geben.

»Ich hab' einen großartigen Plan für heute«, sagte Paolo ein paar Minuten später, den Mund voller Rührei. »Wir bauen uns einen Riesenjoint, dann gehst du Fleisch kaufen. Würste, Steaks, alles, worauf du Lust hast. Ich hab' eine Überraschung für dich. Okay?«

Antonio stimmte zu.

»Heute lassen wir's uns gut gehen ...«, murmelte Paolo. »Nur ich und du.«

Sein Bruder hatte ihm fünfzig Euro mitgegeben und gesagt, er solle so viel Fleisch kaufen, wie er wollte. Antonio hatte ihm nur zu gern gehorcht. Als er im Zentrum war, hatte er noch bei Italo vorbeigeschaut, ein paar Stunden später war er dann wieder nach Hause gefahren.

Er parkte und lief die Treppe hoch, aber es war niemand da. Er rief nach Paolo: nichts. Er rief lauter nach ihm und trat verwundert an sein Schlafzimmerfenster. Er sah ihn im Garten, bis zur Hüfte im Gras. Er ging hinunter, und als er zu ihm hinter das Haus kam, verschlug es ihm die Sprache.

Paolo hatte ein wahres Zauberstück vollbracht.

Er hatte die Terrasse im Garten von vorn bis hinten entrümpelt und sauber gemacht. Der Grill war einsatzbereit, davor stand eine Waschschüssel voller Eiswürfel und Bierdosen. Er hatte die Tischtennisplatte aufgebaut. Im Zentrum von allem stand die alte Badewanne. Sie hatten sie vor Jahren herausgerissen, Stefano hatte sie unerträglich gefunden, und sie auf der Terrasse ihrem Schicksal überlassen. Aber jetzt war sie wieder blendend weiß und mit klarem Wasser gefüllt.

»Erst trinken wir ein Bierchen in der Wanne, ich hab' sie mit dem Schlauch eingelassen, das Wasser ist schön kühl. Dann ein paar Runden Tischtennis. Und das Fleisch auf den Grill.« Er lächelte zufrieden. »Was gibt es Schöneres?«

Nichts. Für Antonio gab es nichts Schöneres auf der Welt.

Die Acquicella-Brüder zogen sich bis auf die Unterhose aus und stiegen in die Wanne.

Sie stießen mit den Bierdosen an und zündeten sich eine Zigarette an. Paolo ließ den Kopf nach hinten fallen. Die Sonnenstrahlen schienen auf sein zerschundenes Gesicht. Er öffnete die Augen. Der Garten, der Zaun, die Bäume, die Hügel, alles stand auf dem Kopf. Es kam ihm seltsam vor, die Welt andersherum zu sehen.

»Glaubst du, unser Leben wäre anders, wenn wir die Dinge aus einer anderen Perspektive sehen könnten?«

»Was meinst du?«, fragte Antonio zurück. Die Spitzen seiner großen Zehen berührten die Arme seines Bruders.

Paolo dachte darüber nach, sein Kopf hing immer noch hintenüber. »Dass wir einfach Pech hatten. Wir hatten ein scheiß Leben, bis jetzt.« Er lachte. »Aber vielleicht war das auch ein bisschen unsere eigene Schuld. Wenn wir die Dinge aus einer anderen Perspektive sehen könnten, würden wir vielleicht auch die schönen Dinge finden. Sie finden und sie sehen. Sie so sehen, wie sie sind, meine ich. Sie wirklich sehen. Sie verstehen.«

Antonio dachte an Italo, an die Tage im Schlauchboot und an die Abende auf dem alten Bauernhof. Er dachte an ihre Eltern, als sich ihr Vater noch nicht ständig betrunken hatte und seine Mutter noch nicht abgehauen war, als sie sonntags zusammen ans Meer gefahren waren. »Aber wir haben doch trotzdem schöne Dinge gefunden. Also ... wenn du drüber nachdenkst, ist es uns am Ende doch gelungen, sie zu finden und sie zu sehen, obwohl alles scheiße ist, oder?«

Er rutschte tiefer in die Wanne. Paolo stand das Wasser jetzt bis zum Hals.

»Ja, wir haben sie gefunden. Aber vielleicht haben wir sie nie wirklich verstanden«, sagte er.

Er hatte die schlimmste Lektion gelernt,
die einem das Leben erteilen kann:
dass es sinnlos ist.
Philip Roth, *Amerikanisches Idyll*

A couple rebel top gun pilots
Flying with nowhere to be,
Don't know you super well
But I think that you might be the same as me
Behave abnormally.
Lorde, *Homemade dynamite*

Die Welt änderte sich und sein Dasein gewann an
Bedeutung, wurde es wert, erzählt zu werden.
Niccolò Ammaniti, *Wie es Gott gefällt*

SIEBEN JAHRE SPÄTER

Hi Paolo, wie geht's dir?

Mir geht's gut. Ich hab' dir so viel zu erzählen, aber ich bin mir sicher, dass du das alles schon weißt. Mir gefällt der Gedanke, dass du an einem schönen Ort bist und mich von dort aus beobachtest und beschützt. Italo sagt, ich muss da vorsichtig sein, bei diesen Dingen. Sie können einem das Hirn ausleiern, sagt er. Ich bin da auch immer vorsichtig gewesen, aber heute gibt es einen besonderen Anlass und ich wollte mit dir sprechen, dir schreiben.

Heute Vormittag wurde das Urteil gefällt. Serra bekommt fünfundzwanzig Jahre.

Es ist vorbei, Paolo. Es ist jetzt wirklich vorbei.

Ich fühle mich leichter, aber ich bin weder glücklich noch zufrieden. Irgendetwas hat mich belastet, und jetzt, da diese Geschichte abgeschlossen ist, ist auch diese Last verschwunden, aber ich fühle mich trotzdem nicht so, wie ich gedacht hatte, dass ich mich fühlen würde. Das war ein großer Sieg für uns, aber es ist irgendwie so, als könnte ich ihn nicht richtig verdauen. Als würde ich ihn weiter im Mund behalten und grundlos darauf herumkauen. Ich kann einfach nicht damit abschließen. Alles hat sich verändert. Mein Leben hat sich verändert, meine Pläne haben sich verändert. Meine Gegenwart und meine Zukunft haben sich verändert, aber meine Vergangenheit bleibt immer dieselbe, und sie hat lange Krallen.

Ich lebe in Mailand. Ich wohne mit Italo zusammen, aber dieses Jahr ist er mit der Uni fertig geworden und nächstes Jahr wird er mit Lilia zusammenziehen. Er sagt, dass er sie liebt, dass er sie heiraten will, dass er Kinder mit ihr will. Meiner Meinung nach ist er noch zu jung dafür, aber du weißt ja, wie Italo ist. Ich werde in der Wohnung bleiben, in der wir jetzt wohnen. Von Heiraten und Frauen will ich nichts wissen. Ich hatte schon Beziehungen, ein paar davon hielten auch länger, ein paar waren sogar ziemlich ernsthaft, aber am Ende geht immer alles in die Brüche. Ich weiß auch nicht, warum, es geht einfach in die Brüche.

Ich arbeite in einer Bar im Zentrum, aber am liebsten würde ich einen eigenen Laden aufmachen. Wo sich die Leute hinsetzen, ein Glas Wein trinken und Käse essen können. Wer weiß ... irgendwann einmal vielleicht.

Ich gehe ins Fitnessstudio. Jeden Donnerstag ins Kino. Dreimal die Woche in eine Abendschule. Am Wochenende gehe ich mit Freunden aus. Es könnte besser laufen, aber das ist mir egal. Früher war es mir nicht egal, aber jetzt schon. Ich habe gelernt, mir selbst zu genügen. Ich habe verstanden, dass ich die schlechte Kopie einer Sache bin, die in ständigem Werden begriffen ist. Dass ich nie etwas anderes sein werde als der Entwurf von dem, der ich morgen sein werde. Aber warum sollte ich mir deshalb Sorgen machen?

Das ist mein ganzes Leben. Nichts Aufregendes, das stimmt schon, aber für mich passt es so. Ich wollte ein bisschen Ruhe haben und die hab' ich gefunden. Am Anfang war es furchtbar. Als man dich mir weggenommen hatte, war das die Hölle für mich. Alles stand in Flammen. Ich fühlte mich einsam, nichts machte mehr Sinn. Ich sah dich in jedem Winkel, ich hörte dich in jedem kleinen Geräusch. Du warst in der Küche, im Flur, im Schlafzimmer, du warst in einer quietschenden Tür, in einem Gläserklirren, in einem Wasserrauschen. Du warst tot, aber du lebtest überall und riefst meinen Namen aus allen Dingen. Ich schrie, brüllte mich heiser, weinte, konnte dich aber nicht erreichen. Und das zerriss mir das Herz. Ich konnte monatelang nicht schlafen. Die Nacht wurde mir zum Tag. Als ich dann zusammenbrach, hatte ich Albträume und sah dich immer wieder sterben, wieder und immer wieder. Ich habe versucht, mich davon zu überzeugen, dass das nur eine Wahnvorstellung sei. Ich betete, dass ich verrückt geworden war und in eine Realität zurückkehrte, in der alles auf dem Kopf stand und du da und bei mir warst. Aber dann habe ich begriffen, dass wir uns in Wirklichkeit Wahnvorstellungen hingegeben hatten, als wir noch zusammen waren. Deshalb habe ich versucht, mich auf den letzten Tag unseres Lebens zu konzentrieren. Als wir im Garten in der Wanne gelegen und Bier getrunken, Tischtennis gespielt und Fleisch gegrillt haben. Ich klammerte mich an diese Erinnerungen, für die ich in meinem Kopf einen kleinen Schrein errichtet hatte, aber die ständige Abnutzung hat sie schließlich verschlissen und heute sind sie beinahe verblasst. Ich kann mich nicht mehr an die Wassertemperatur erinnern, an das Geräusch des Tischtennisballs, an den Geruch des Fleischs. Alles beschränkt sich auf den Abend dieses Tages, nur ein paar Stunden später. Auf die Wärme deines Blutes auf meinen Händen, auf das Knallen der Schüsse, auf den Gestank des Todes. An meinem Geburtstag wollte ich mich umbringen, aber ich konnte es nicht tun. Dann hat mich Italo beinahe mit Gewalt nach Mailand geholt. Er hat mir das Leben gerettet, auch wenn es zunächst so schien, als habe er genau das

Gegenteil getan, und das hat mich letztendlich am meisten überrascht. Die Tatsache, dass dir die Menschen, die dir nahestehen, einen Kredit an Kraft und Liebe geben können, und zwar erwarten, dass du ihnen diese Kraft und diese Liebe irgendwann einmal zurückgibst, sie aber nie wirklich von dir einfordern. Ich weiß, dass du dieses süßliche Gerede hasst, aber das ist die Wahrheit.

In mancher Hinsicht hat mir Italo mehr geholfen als jeder andere Mensch, viel habe ich aber auch Oscar zu verdanken. Er hat sich mir bei deiner Beerdigung vorgestellt, er war sehr nett, und wir sind in Kontakt geblieben. Er wohnt auch in Mailand, wir treffen uns ab und zu auf ein Bier. Er hat mir von euch erzählt, weißt du? Er hat ziemlich lang dafür gebraucht und viel geweint, aber man konnte sehen, dass er das loswerden musste. Er ist ein toller Typ, ich glaube, er hätte dir gutgetan. Und ich will, dass du weißt, dass ich ihn mag und dass er sozusagen meinen Segen gehabt hätte.

Um eine Sache will ich dich noch bitten, und das wird das Letzte sein, was ich dir schreibe: Kannst du Papa für mich um Verzeihung bitten? Du weißt schon, warum, du hast es immer gewusst. Ich habe nie irgendetwas vor dir verheimlichen können. Sag ihm, dass ich damals dachte, ich würde es für ihn tun, um ihn von sich selbst zu befreien, dass ich aber dann begriffen habe, dass ich es für uns getan habe, für mich und für dich, und aus Angst, dass wir so werden könnten wie er. Aber als ich in dieser Nacht den Fernseher hinuntergeworfen habe, habe ich das Beste in uns getötet. Und das werde ich mir nie verzeihen.

Du fehlst mir, Paolo. Ich spreche jeden Tag mit dir in meinen Gedanken.

Wir waren krank vor Sehnsucht. Wir haben für Magie und Schönheit gebrannt und wie Funken im Dunkeln die Nacht zum Leuchten gebracht.

In dieser Gewissheit werde ich immer leben.

Dein
Antonio

DANKSAGUNG

Dies ist nicht nur eine Danksagung, sondern in erster Linie auch eine Widmung. Wisst deshalb, dass ich euch, wenn ihr in dieser etwas unglücklichen Liste auftaucht, damit nicht nur meinen bedingungslosen Dank ausspreche, sondern dass ich euch auch jede Seite, jede Zeile, jedes Wort und jeden Buchstaben dieser kleinen traurigen Geschichte widme – so viel sie eben wert sind.

Meiner Mama, meinem Papa und meinem Bruder, weil es stimmt, dass alle glücklichen Familien einander gleichen und jede unglückliche Familie auf ihre eigene Weise unglücklich ist. Wir waren jedoch nie dazu fähig, Glück und Unglück voneinander zu unterscheiden, und haben in dieser ewigen, großartigen Konfliktstudie ein Gleichgewicht gefunden.

Livio Lo Faro, weil du trotz allem meine Welt aufrechterhältst. Trotz der Trennungen, Versöhnungen und Nierenstöße. In der Flut, die uns mit sich reißt, lässt uns die Fähigkeit, einander festzuhalten, unsterblich werden.

Antonio Finocchiaro, weil das Leben mit dir bedeutet, diejenige Person stur an sich zu ziehen, die das Leben zur schönsten Hölle macht. Du warst der Tropfen, der das Fass zum Überlaufen brachte. Gesegneter Tropfen, verfluchtes Fass. Du wirst immer bei mir sein.

Giulia, Emilio, Livio, Enrica, Nicoletta, Claudia, Giuliana, Giuliana, Giulia, Lorenzo, Silvia. Weil es auch schlecht ausgehen hätte können, dieses Leben, aber wir alle einander bis jetzt auf den richtigen Weg bringen konnten.

Luigi Spagnol und Hanne Ørstavik, weil ihr an mich geglaubt habt und mir gezeigt habt, dass das Unerwartete geschehen kann. Deshalb und als die Menschen und Intellektuellen, die ihr seid, wird euch stets meine Wertschätzung, meine Zuneigung und meine Dankbarkeit gewiss sein.

Alessio Cuffaro, weil du mir schreiben beigebracht hast, als wäre ich wieder in der Grundschule; in der Hoffnung, dass dies nicht wie ein Vorwurf klingt.

Angelica und Maria Carmela Sciacca und ihrer kleinen Buchhandlung Vicolo Stretto. Euch und allen Buchhändlern und Buchhändlerinnen dieses Landes. Weil ihr für uns alle kämpft.

Und schließlich geht mein Dank auch an euch, Antonio und Paolo. Ich habe euch nicht gut behandelt, das weiß ich, aber irgendjemand musste die Welt ja wieder in Ordnung bringen. Und da ich selbst nie in der Lage gewesen bin, zu leben, habe ich euch leben lassen.

Giulia, Emilio, Livio, Enrica, Nicoletta, Claudia, Giuliana, Giuliana, Giulia, Lorenzo, Silvia. Weil es auch schlecht ausgehen hätte können, dieses Leben, aber wir alle einander bis jetzt auf den richtigen Weg bringen konnten.

Luigi Spagnol und Hanne Ørstavik, weil ihr an mich geglaubt habt und mir gezeigt habt, dass das Unerwartete geschehen kann. Deshalb und als die Menschen und Intellektuellen, die ihr seid, wird euch stets meine Wertschätzung, meine Zuneigung und meine Dankbarkeit gewiss sein.

Alessio Cuffaro, weil du mir schreiben beigebracht hast, als wäre ich wieder in der Grundschule; in der Hoffnung, dass dies nicht wie ein Vorwurf klingt.

Angelica und Maria Carmela Sciacca und ihrer kleinen Buchhandlung Vicolo Stretto. Euch und allen Buchhändlern und Buchhändlerinnen dieses Landes. Weil ihr für uns alle kämpft.

Und schließlich geht mein Dank auch an euch, Antonio und Paolo. Ich habe euch nicht gut behandelt, das weiß ich, aber irgendjemand musste die Welt ja wieder in Ordnung bringen. Und da ich selbst nie in der Lage gewesen bin, zu leben, habe ich euch leben lassen.

© privat

MATTIA INSOLIA, 1995 in Catania geboren, hat zunächst Literaturwissenschaft an der Sapienza in Rom studiert, dann sein Studium im Bereich Verlagswesen fortgesetzt. Er hat Erzählungen in Sammelbänden veröffentlicht, schreibt für Kulturmagazine und arbeitet momentan für *L'Indipendente* als Literatur- und Filmkritiker. *Die Hungrigen* (*Gli affamati*) ist sein Debüt als Romanautor.

MARTIN HALLMANNSECKER, 1985 geboren, ist Übersetzer und Althistoriker. Er übertrug u.a. Werke von Giovanni Boccaccio, Luigi Pirandello und Domenico Starnone ins Deutsche. 2017 wurde er mit dem Nachwuchsförderpreis des Deutsch-Italienischen Übersetzerpreises ausgezeichnet.

Die italienische Originalausgabe erschien 2020
unter dem Titel *Gli affamati*
bei Ponte alle Grazie in Mailand.

Bibliografische Information der Deutschen Nationalbibliothek
Die Deutsche Nationalbibliothek verzeichnet diese Publikation
in der Deutschen Nationalbibliografie;
detaillierte bibliografische Daten sind im Internet
über http://dnb.de abrufbar.

Lektorat: Moritz Adrian Klein
Coverabbildung: Muntean/Rosenblum, *Untitled »An action can never be erased by a word«*, 2018, Öl auf Karton (Ausschnitt)
Covergestaltung und Satz von Sebastian Maiwind, Berlin
Gedruckt auf chlor- und säurefreiem Papier und gebunden
bei Finidr in Český Těšín.

ISBN 978-3-7920-0269-8

www.karl-rauch-verlag.de